闇ギルドのマスターは今日も微笑む

The master of a darkness guild well smiles today.

溝上良
Ryo Mizokami
イラスト：こぞう
Kozou

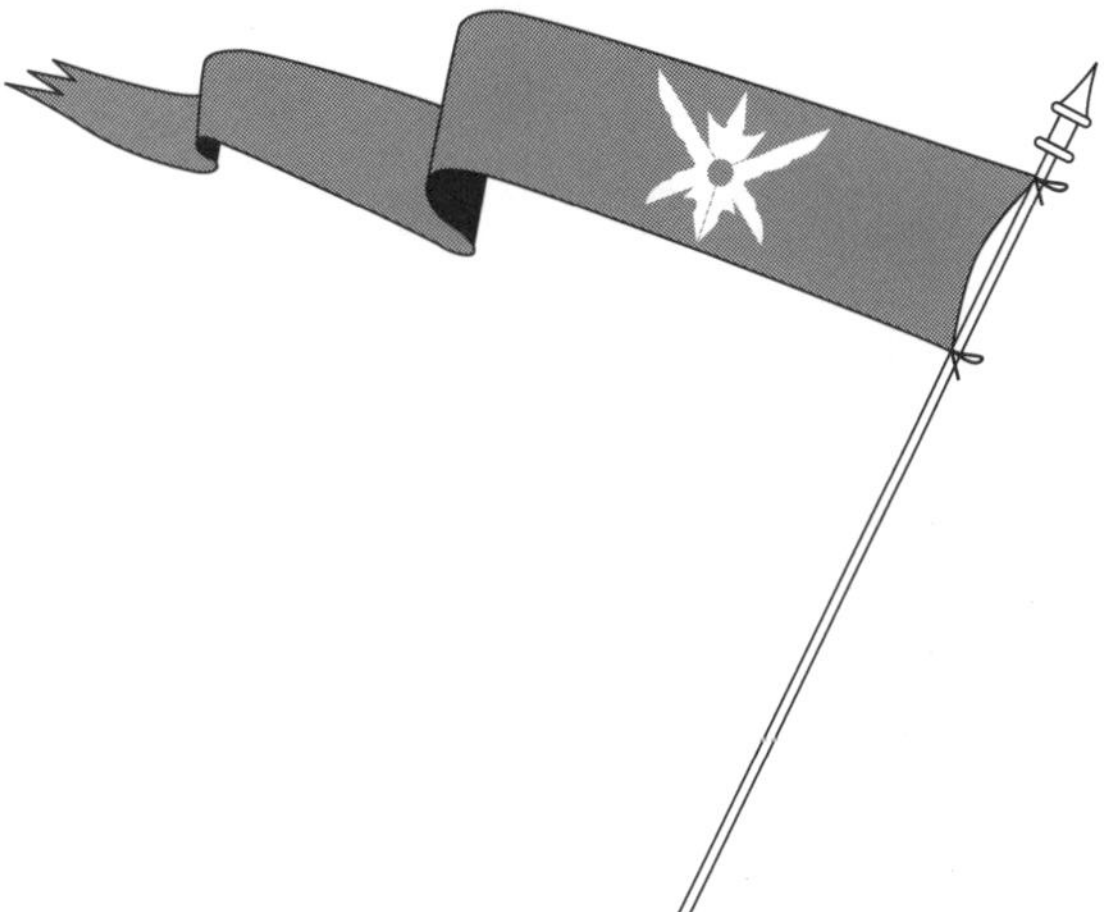

TOブックス

闇ギルドのマスターは今日も微笑む

The master of a darkness guild well smiles today.……目次

イラスト・こぞう
デザイン・萩原栄一（ｂｉｇ ｂｏｄｙ）

プロローグ

闇ギルドの裏日常編

闇ギルドのマスター

おっと。もう、こんな時間か。

僕は窓から見える月を確認して、仕事の手を止める。

うーんと思い切り背伸びをして、凝《こ》り固まった身体をほぐす。

はぁ……今日も、書類仕事しかしなかった……。

まあ、僕の役職上、外に出て稼《かせ》いでくることよりも、書類仕事をする方が重要なのは理解している。

でも、ギルドメンバーに危険な外の仕事を任せて、上司である僕が安全なギルドの中でのんびりと書類作業をしているので、僕の心が痛んで仕方がない。

しかも、そのギルドメンバーが、僕にとっては子供のように思える子たちばかりとなれば、なおさらである。

僕も外に出て仕事をしたいんだけれど……。

とにかく皆が僕を止めるんだよね……。

そんなに役立たずだと思われているのだろうか？　少し……というより、すごく悲しい。

確かに、皆のようにとても強いというわけではないが、これでも、このギルドを作るまでは一人で旅をしていたんだ。

もちろん、危険な目にも何度もあったし、そのたびに自分の力で切り抜けてきた。

だから、外で仕事をしても大丈夫だと思うんだけれど……。

僕は、大切に持っている絵を机の中から取り出していく。

そこには、このギルドに所属しているメンバーの顔が描かれている。

ちなみに、これは僕が描いた。

何に関しても不出来な僕にしては、なかなかうまくできたと自負している。

それぞれの顔を見ながら、僕は苦笑する。

あぁ……それでも、僕はこの子たちのお願いには何でも従っちゃうんだよなぁ。

彼女たちがお願いを断られて悲しい顔をしているのは、とてもじゃないが見たくない。

そう言えば、この絵を描いたときより、僕も変わったなぁと思うことがある。昔はそれほど笑うことはなかったのだけれど……仕事中の僕を怖がってしまった子が何人かいる。

どうやら笑っていない僕が怖かったらしい。

まあ、仕事中にヘラヘラと笑っている方がおかしいんだけれど、僕はそんな彼女たちの反応を見て、あることを始めた。

それは、いつもニコニコと微笑《ほほえ》むことである。

どんなことがあろうとも、僕はいつも笑顔だ。

そうすると、彼女たちは泣いたり悲しんだりすることなく、僕を見ると笑顔になってくれた。

本当の感情を表に出せないのは最初は厳しかったが、今ではすっかりと板について、逆に笑顔じゃないと不自然さを感じるほどである。

僕がそんなことを考えていると、背後から話しかけてくる女性がいた。

「やあ、お仕事は終わりかい？」

長くてきれいな黒い髪を持ち、ニコリと微笑みかけてくれる。

その笑顔は、まるで女神のように美しかった。

服の上からでも分かるほど豊満な胸とお尻。

ついつい目が引き付けられそうに……はならない。

何故なら、僕のギルドメンバーも負けず劣《おと》らずの良いスタイルをしている。

そんな彼女たちは、僕とのスキンシップをやけに取りたがるのだ。

そのたびに、僕が厭《いや》らしい目で彼女たちを見ていたら、いつか絶対に嫌われてしまうだろう。

それだけは断固として避けないといけないので、女性の見た目に左右されない鋼の理性を手に入れたのである。

「君も熱心だね。こんな遅くまで依頼を精査するだなんて……」

彼女は感心するような、呆《あき》れるような目で僕を見る。

そりゃあ、時間なんて関係ないよ。

だって、メンバーの子たちが命を懸《か》けてする仕事だよ？

もしも、不条理だったり、おかしかったりする依頼なら、絶対に受けさせない。

僕はほとんど外の仕事ができないのだから、これくらいはしておかないとダメだろう。

「それでも、二十時間ぶっ通しで書類仕事をするなんて、普通じゃないよ」

彼女が苦笑して見てくるので、僕もニッコリと微笑む。

心配してくれているのだろうか？　それは、ありがたいね。

それにしても、よくここに入ってこられたよね。

彼女はこのギルドのメンバーではないのだが、よく僕の部屋に遊びに来る。

「ふふん。まあ、僕ならマスターの部屋に侵入することは容易《たやす》いさ。……でも、あまり長くいると
あの子たちに勘づかれちゃうけれど」

あの子たちというのは、ギルドメンバーのことだろう。

彼女たちも強いからねぇ。気配とか、そういったことも分かってしまうんだろう。

「それでも、僕の気配が分かるだなんて普通はありえないんだけれど」

彼女は苦笑して頬《ほほ》をかいていた。

いやいや、彼女たちの警戒網《けいかいもう》を振り切って僕の部屋に侵入できている時点で、君も大概《たいがい》だよ。

「マスターに褒《ほ》められるのは嬉しいね。……ねえ」

うん？

「この前の話、受け入れてくれる気になった？」

彼女は、いつの間にか僕の近くまでふわりと接近して、切れ長の目でじっと僕を見つめてくる。

この前の話……ああ、僕が君のものになるとかならないとかって話だったっけ？

「うん、そう。僕のものになってくれたら、色々とおいしいことが待っているよ。寿命が延びる秘密の魔法も教えちゃうし、僕が何でもしてあげるよ？」

特典があると教えてくれる彼女だが……うーん……。

残念なことに、僕の寿命は普通の人間とは思えないほど長い。

まだしばらく寿命で死にそうにないんだよね。

僕はいったい、いつになれば寿命がくるのか……。

ということで、僕は彼女にお断りすると伝える。

「……むぅぅぅ」

頬をぷくーっと膨《ふく》らませていく彼女。

これで何度目だろう？　彼女のお誘いを断るのは。

いい加減、諦《あきら》めてくれると嬉しいんだけれど。

僕はいくら他に魅力的な特典があろうとも、彼女のものになることはない。

何故なら、僕にはとても大切なギルドの子たちがいるんだから。

「……本当に、君はギルドが好きなんだね」

彼女が諦めたように言ってくる。

うん。まあね。

正確に言うと、ギルドというより所属しているギルドメンバーが大好きなんだよ。

「こんな優しいマスターがいたら、彼女たちもマスターが大好きになるよね」

え、僕ってちゃんと好かれている？

仕事が忙しくて皆とゆっくり話す時間もあまり取れていないから、ちょっと不安だったんだ。

そっかー。いやー、嬉しいなぁ。

「プレゼントとして、『世界を上げよう』としちゃう彼女たちの気持ちも分かるよ」

…………。

……ん？　なんだって？

プレゼントという言葉はとても嬉しかったよ。

でも、そのプレゼントの中身がとんでもないもののように聞こえたんだけれど、僕の気のせいかな？

「おっと。そろそろ、彼女たちに気づかれてしまうかな。僕はもうそろそろ行くとするよ」

彼女はひょいと僕から離れる。

その際、きれいな黒髪と豊満すぎる胸が揺《ゆ》れたのがわかったが、それを気にする余裕はない。

ちょっと待って。お願い。話を聞いて！

「じゃあね、マスター。いつか、必ず僕のものになってもらうからね？」

彼女はそう言って魅力的な笑顔を残して、ふっと跡形もなく消えてしまった。

待って！　プレゼントの中身をもう少し具体的に教えて！

『世界をプレゼント』ってなに⁉　あの子たちはなにをする気なの⁉

不穏すぎる言葉に、僕は心臓のドキドキが止まらない！

戻ってきてぇぇぇぇぇっ!!

闇ギルド討伐隊

「俺たちが向かっている場所って、どこでしたっけ?」

「あん?」

暗くて細い道を歩いていると、一緒に仕事を受けた仲間にそう聞かれて、男は思わずため息を吐いてしまう。

森の中、木々の間を歩いており、さらに時間帯は深夜ということもあって、仲間の声が響《ひび》くように感じた。

こいつ、そんなことも知らずに来ていたのか……?

「よく知らないで、何で仕事を受けたんだよ」

「いやー、最近金がなくって」

「あん? お前、大分儲《もう》かったとか言っていなかったか?」

「それが、奴隷を買ったらすぐになくなっちゃって」

テヘッと気持ち悪く舌を出す仲間に、男は吐き気を感じながら睨《にら》みつける。

美人がやれば様になっていたが、罪を犯しまくっている男がそんなことをしても気持ち悪く思わ

れるだけだ。

「お前、奴隷とかおおっぴらに言うんじゃねぇよ。今回の仕事は、俺らだけじゃねえんだからな」

「おっと……」

男の注意で思い出したのか、さっき発した言葉を誰かに聞かれていないか辺りを見渡す仲間の男。

この国で奴隷というのは一応禁止されている。

一応というのは、奴隷を持つことが暗黙の了解として認められるということもあるからだ。

たとえば、貴族や軍人など、国にとっては必要不可欠な人材。

そして、この二人の男たちのような犯罪を何とも思っていない『グレー』のギルドに所属する者たちが、その対象となる。

「そうですな。我々の前で、そういったことを言われると対応せざるを得ませんので、以後お気を付けください」

どうやら、聞かれていたようだ。

騎士甲冑《かっちゅう》を着た男が、男たちに言い寄ってくる。

しかし、それだけだった。どうやら、騎士の男もグレーギルドの者たちと同じ類の人間のようだ。

「いやー、すみません。俺、奴隷とか持ってないですから」

「今更ですな」

仲間の男も騎士の性格が分かったのか、へらへらと笑っている。

こんな風景、一般人には絶対に見せられない光景だ。

男たちみたいな『グレー』のギルドと、国家と国民を守るはずの王国騎士が同じ仕事を受けているなんて。

しかも、奴隷という許されないものを持っている男に対しても、騎士は弾劾《だんがい》する姿勢を見せない。

男からすればありがたいが、国民からすると信じられないことである。

「で、俺たちって今から何をするんでしたっけ？」

「我々がこれから行うのは、闇ギルドの討伐ですよ」

「へー……マジ⁉」

騎士の言ったことを聞き流そうとした仲間の男は、すぐに食いつく。

まあ、闇ギルドなんて聞けばそうなるか。

男たちみたいな犯罪をしているようなギルドでも『グレー』だ。

それを超える『闇』と王国に認定されるギルドなんて、ほとんどない。

そのため、男が知っていることもほとんどなかった。

闇ギルド。王国……エヴァン王国や他の国から、一国だけでは抑えきれないような影響力の大きな犯罪集団と認定されたギルドのことを指す。

その数は非常に少なく、片手の指で数えるほどしかない。

そして、その中でもエヴァン王国のとある森の中に本拠を構えていると、噂される異質な闇ギルド『救世の軍勢《イエルクチラ》』を討伐するため、彼らは集まっているのだ。

異質というのは、その情報量の少なさである。

分かっていることがほとんどないほど、徹底的な情報統制がなされており、そのおかげでエヴァン王国の国民の間では、『救世の軍勢《イエルクチラ》』の名はまったく知られておらず、男も今回の仕事で初めて知ったほどだ。

数少ない情報の中には当然ガセもあるのだが、確実だとされているものが二つある。

本拠がエヴァン王国内に存在すること。そして、もう一つはそのギルド構成員の数が、他の闇ギルドや正規ギルドよりもはるかに少ないということだった。

「あー、だから報酬の金は目玉が飛び出るほど多かったのかぁ」

「ちゃんと依頼書見とけよ」

「ほとんど情報書いていなかったじゃないですかぁ」

いい機会だし、男も少し聞いておくことにした。

「でも、闇ギルド相手にこんな少人数で大丈夫か？　俺たちだって少しは腕に自信があるが……」

「ははっ。あなたがたのような荒事《あらごと》になれたギルドと、王国の騎士が手を組んでいるんです。心配ありませんよ！」

自信満々といった様子で騎士が答える。

まあ、実際に大丈夫なのかもしれない。

エヴァン王国で猛威《もうい》を振るう『鉄の女王《アイニーケン》』と呼ばれる闇ギルドは、包み隠すことないその残虐さで国民たちから恐れられているが、『救世の軍勢《イエルクチラ》』という闇ギルドはほとんど知られていない。

それは、情報統制のこともあるだろうが、実は大したことがないからではないのか？

規模も小さく、しでかしたこともいまいち伝わっていない。

そんな極小の闇ギルドなら、自分たちだけでも十分なのだろう。

ぼけーっと、男がそんなことを考えていた時だった。

「――――おじさんたち、何しているですか？」

「うわっ⁉」

男は、高くて柔《やわ》らかい子供の声に驚いて身体を震わせる。

男たちがいるのは、街や村からも随分《ずいぶん》と離れて、普通の人なら決して入ってこない森の奥深くである。

自分たち以外の人の声がすること自体おかしいのに、それが子供の声だったら、なおさらおかしい。

男の仲間や騎士も驚き、目を丸くしている。

男はまさかと思いながらも、声がした方向を見てみると……。

「……本当に、子供じゃねえか」

緑のふわふわとした長い髪を持つ少女が、静かな森に男たちがぞろぞろといるのを不思議そうに見上げている。

髪にアクセントとして引っ付けられている大きな花飾りが、男たちの目を引き付けて印象的だった。

「お前、何でこんなところにいるんだ？」

「それは、お互い様です。この近くに、ララは大切な人と一緒に住んでいるです」

少女を見下ろして聞くと、取ってつけたような敬語を使って返してくる。

ふーっと馬鹿《ばか》を見たようなため息をして、『大切な人』というときはやけに色っぽい顔を浮かべる。

幼い少女には一切興味がないというのに、男は少しだけ胸が高鳴ってしまった。

しかし、少女の返答に男は困惑する。

この近くに村などはないはずだ。この少女と彼女が言うその大切な人というのは二人だけで住んでいるのだろうか？

男は答えを求めるように、自分たちよりこの辺りの地理に詳しそうな騎士を見る。

「おそらく、近くに住み着いているはぐれ者でしょう。何かの原因で、村に住みづらくなったとか、そんな者は数えきれないくらい存在します」

騎士がぼそぼそと教えてくれた内容に、男はコクリと頷《うなず》く。

今のところ、最も納得できる説明だった。

「おー、ガキなのに可愛いじゃないですかぁ」

軽薄《けいはく》な言葉と共に、ヘラヘラとした不快感を伴う笑顔を浮かべながら少女に近づいていくのは、男の仲間だった。

まさかと思い、男は仲間に聞く。

「おい、お前まさか……」

「いやいや！　そういう意味じゃないですって。ただ、こいつかなり整った顔しているし、良い値段で売れますよー」

男は仲間がそういった趣味ではないことに安堵《あんど》しながらも、むちゃくちゃなことを言っていることに苦笑する。

仲間は、この少女を奴隷として売り飛ばすつもりだった。

確かに、少女はとても可愛らしく、かなりの値段で売れることは予想できた。

「もうちょっと歳をくっていたら俺のものにしていたんですけど、俺はロリコンじゃあないっすからねー」

こんな小さな子供を奴隷として売り飛ばすなんて良心の呵責《かしゃく》はないのかと、善良な人が見ればそう思うだろうが、そもそも犯罪上等のグレーギルドのメンバーにそんな殊勝な心を持った者は誰一人としていない。

男だって、多少は少女が哀《あわ》れにこそ思えど、仲間を止めようとはしない。

「あまり、私の前ではしないでもらいたいですな」

さらに、国民を守るべき王国騎士でさえこの反応である。

闇ギルド討伐のためとはいえ、グレーギルドと共同作戦を行うような騎士たちがまともなはずはない。

「おじさんたち、何しに来たですか？」

「おじさんたちはね、この森にいるって聞いた、悪いわるーいギルドを倒しに来た正義のおじさんたちだよ。危ないから、おじさんと一緒にいようね」

男の仲間は胡散臭《うさんくさ》い笑みを浮かべながら、少女の質問に答える。

明らかに誘拐する口説き文句だが、少女は逃げる素振りを一切見せずに立ち止まっている。

もともと、警戒心が薄いのだろうか?

男はそんなことを考えながら、少女が仲間に奴隷として売り飛ばされるだろうと思った。

そういった趣味の貴族に売りつければ、かなりの高値になるだろう。

その時は、酒の一杯でもおごってもらおうと思っていた。

「ふはっ!」

男の仲間はもうこの子供を売り飛ばして手に入る大金のことを妄想しているのだろう。

ニヤニヤと厭らしく笑みを浮かべていた。

「なんだ。おじさんたち、ララたちに喧嘩《けんか》を売りに来たですか」

「……え?」

仲間の笑みが凍《こお》りつくのは、そのすぐ後のことだった。

少女の表情から、スッと全ての感情が抜け落ちる。

まるで、能面のように意思を感じさせない顔で、目の前の男を見ていた。

少女を奴隷として売り飛ばそうとしていた男が最期に残した言葉は、何が起きたかわからないといった声だった。

何か巨大なものが大地を割って突きあがってきて、一瞬のうちに男の仲間を『食べてしまった』

のだ。

「な、なんだよ、これ……？」

男は呆然《ぼうぜん》と、目の前にいきなり現れた巨大な植物を凝視する。

その植物は、普通ではなかった。

まるで、動物のようにうねうねと茎《くき》や蔓《つた》をくねらせている。

さらに、とんでもなく大きい。男はこれほど巨大な花は今まで見たことがなかった。

「お、おい！」

植物の花弁の部分を見ると、そこには男の仲間が上半身だけ露出していた。

慌てて呼びかけるが、仲間からの返事はない。

「ひ、ひっ……!!」

男が目を凝らして仲間をよく見ると、口から大量の血を吐き出し、目はうつろだった。

仲間がすでに死んでいることを、男は察した。

おそらく、花の中に隠されている下半身を食いちぎられたのだろう。

「だ、誰か……」

「ぎゃぁぁぁぁぁっ!!」

「!?」

男は助けを求めようとして後ろを振り返る。

そこには、自分と同じく闇ギルド討伐の依頼を受けたギルドメンバーや王国騎士がいるはずだからだ。

だが、耳をつんざくような断末魔の叫びを聞いて、目を見開く。

「あ……しょ、植物が……!?」

ギルドメンバーや騎士たちは、地面から突きだした木の根っこにその身体を貫《つらぬ》かれていた。

人間の身体をいともたやすく貫通した木の根の先を見ると、鋭く尖《とが》っていた。

そこを、人間の血で濡《ぬ》らして脈動していた。

まるで、人間の血から養分を得て歓喜《かんき》しているように見える。

王国騎士が着ている強固な甲冑すら、容易く貫通して身体が動かないように固定していた。

「あっ、結構残っちまったです」

この悲惨な現場を作りだした少女は、呑気なことを言っていた。

その様子が、生き残ったメンバーからしてかなり異質に映り、更に恐怖を感じさせるのであった。

「まったく……ララディ殿は、ダメダメでござるな」

「げふっ!?」

少女とは別の声が響いたと思ったら、次の瞬間には一人の男に大量の苦無《くない》が突き刺さっていた。

口から血を噴《ふ》き出して倒れる男を見て、討伐隊のメンバーは顔を引きつらせる。

いつの間にか、少女――ララディの隣には忍び装束の女が立っていた。

目元以外一切露出していないが、胸元を慎《つつ》ましく盛り上がらせていることから、女であることが分かった。

「森でララディ殿が役に立たなかったら、いつ役に立つでござるか？」

「うっせーですね！　お前らに当たらないようにしたから、うまくいかなかったんです！　普通にやれば、皆殺しにできたですよ！」

「えー……本当でござるかぁ？」

「キー!!」

討伐隊のメンバーは唖然《あぜん》とする。

自分たちを前にして、こんな場違いな会話をしている奴らが憎くて仕方なかった。

とくに、我慢できたなかったのは、グレーギルドの男だ。

「くそったれがっ!!　ふざけんなよ!!」

一人は激怒して、剣を抜いて二人に迫って行き……。

「…………ぇ？」

突然現れた軽装備の騎士に、その首を切り飛ばされた。

剣についた血を、無表情で払う女騎士。

そんな彼女を見て驚きの声を上げたのは、討伐隊として派遣されていた騎士であった。

「り、リッター殿!?　どうしてここに……いや、どうして敵の味方をしているのですか!?」

そう声をかけられた黒髪の女騎士は、つい先ほど人を殺したとは思えないほどの無表情で首を傾げる。

「……？　だって、私は『救世の軍勢《イエルクチラ》』の構成員だし」

「なっ……!?」

不思議そうに言うリッターに、騎士たちは愕然とする。

王国騎士が、闇ギルドのメンバー？

その衝撃的な真実に、気を失いそうになってしまう。

「くっ……！」

騎士の一人が後ろに向かって駆けだした。

このことは、必ず王国に伝えなければならない。

とくに、リッターは王女殿下と親しいと言われているのだ。

「王女殿下に、報告しなければ……！」

「それは、勘弁《かんべん》してやってくれよ」

女たちから背を向けて走っていたはずなのに、前から声が聞こえて、つい足を止めてしまう騎士。

それが決定的な隙《すき》となり、彼の顔面に強靭《きょうじん》な拳が叩き込まれた。

「ひっ、ひぃっ!!」

隣まで吹っ飛んできた同僚を見て悲鳴を上げる。

彼の顔は、たったの一撃で崩壊していたからだ。

「私たちの計画のためにも、リッターは王国騎士団にいないといけないんだ。悪いな」

「……別にそんなことない、リース」

騎士を殴り飛ばした女――リースは、苦笑いしながらそう言った。

頭部に生えている二本の角が、彼女が普通の人間でないことを表している。

「あら？　まだ終わっていなかったんですの？」

武器を構えながらも震えている討伐隊メンバーの目に、ドレスを纏う、いかにも非戦闘員といった風貌の女が現れた。

その真っ赤なドレスが目に毒だが、病気を患っているかのような青白い肌は、とてもじゃないが強者とは思えない。

「あそこだ！　あそこから逃げるぞ!!」

「おう！」

二人の男が彼女に向かって走り出す。

そんな彼らを見て、女は酷く煩《わずら》わしそうな顔をする。

「こっちに近づかないでくださいまし。臭いですわ」

女はそう言って、手を振った。

「げぷっ!?」

「うぇっ!!」

たったそれだけの行為で、二人の男の頭が破裂した。

ぶちゃっと潰《つぶ》れ、目玉や脳髄《のうずい》が飛び出してしまう。

真っ赤な血液は夜でもはっきりと確認できるほどであった。

頭部を失った死体は、フラフラしながら女の隣に立っていたメイドの元に向かって行く。

「近づかないでください。大切なメイド服が、汚れてしまうではありませんか」

頭部を失った死体が、バラバラに切り刻まれた。

メイドの手には、明らかに異質な剣が握られていた。

人体という斬るには非常に力のいるものを、大した労力を使った様子もなく切り刻んだメイドに恐怖を覚える討伐隊メンバーたち。

「相変わらず、きれいに斬りますわね、シュヴァルト」

「あなたの殺し方は相変わらず汚いですね、ヴァンピール。血が飛び散っているじゃないですか」

「それは、あなたも同じですわ！」

キャアキャアと喧嘩をする二人。一方的に騒いでいるのはヴァンピールの方だが。

しかし、もはや討伐隊メンバーたちにとっては、見目麗《うるわ》しい彼女たちも死神にしか見えない。

それも、一人だけならまだしも、何人もの死神に囲まれているのである。

生きた心地がしない。

「ひっ、ひぃぃぃぃぃぃぃっ!!　助けてくれぇぇぇぇぇっ!!」

討伐隊のメンバーたちは、それぞれバラバラの方角に逃げはじめる。

こうすれば、一人くらいは生き延びることができるかもしれない。

数こそ減ったものの、いまだに彼女たちよりは人数が多いのだから。

しかし、それも無駄《むだ》なあがきであった。

「ぎゃぁっ!?　ご、ゴブリン……!?」

闇ギルドの構成員から逃れた彼らを待ち受けていたのは、汚い笑みを浮かべるゴブリンたちであった。

手入れもろくにされていない短剣を構え、彼らに襲い掛かった。

普段であれば、冷静に対処していれば彼らもゴブリンを撃退する程度の実力はある。

しかし、仲間たちを圧倒的な力で殺されて、恐慌《きょうこう》状態にある今の彼らは、そんな当たり前のことすらできなくなっていた。

「いぎゃぁぁぁぁぁっ!!」

「ひぁぁぁぁぁぁっ!!」

次々にゴブリンによって殺されていく討伐隊。

その殺され方も楽なものではなく、苦しむ姿を楽しむかのようにゴブリンは短剣で滅多刺しにして、ニヤニヤと笑うのであった。

そんな彼らを操っているのが、真っ赤な髪を持つ女であった。

「……操っているあたしが言うのもなんだけど、グロイわねぇ」

「本当ね。あなた、最低だわ、クーリン」

豊満な胸の下で腕を組みながら、顔を引きつらせる女――――クーリン。

そんな彼女に話しかけるのは、スタイルこそクーリンに劣るものの、何故か濃密な色気を醸《かも》し出す女であった。

「ど、どうする!? このままじゃあ、俺たちは……!!」

生き残った数少ない仲間に問いかける討伐隊のメンバー。

しかし、そんな彼に返ってきた答えは……。

「げふっ……!?」

腹に突き刺された剣であった。

「な、何で……」

「何で俺がこいつを刺してんだよぉぉぉっ!?」

刺された男の声を覆《おお》い潰すように、刺した男が絶叫する。

その光景は、傍《はた》から見れば不思議で仕方なかった。

自分で刺しておいて、絶叫して疑問を呈《てい》しているのだから。

「がはっ!?」

だが、そんな彼も仲間であるはずの討伐隊のメンバーに刺されてしまう。

また、刺した男も自分のしたことが信じられないような表情を浮かべるのであった。

「……同士討ちをさせるあんたの方が最低よ、クランクハイト」

「そうかしら?」

クーリンに睨まれても、クスクスと妖艶《ようえん》に微笑むだけ。

本性はあんなビビりのくせに、こういうときだけノリノリだな、とクーリンは思うのであった。

「う、嘘だろ……?」

討伐隊最後の男が呟《つぶや》いた。

周りにあるのは、仲間であった者たちの死体、死体、死体。

あれだけたくさんの者がいたというのに、今、生き残っているのは彼だけだ。

「あなただけになってしまったわねぇ」

「ひっ……！」

彼に話しかけてきたのは、修道服を身に纏《まと》った女であった。

ニコニコと笑っている顔は整っており、また修道服の上からでも分かるほどスタイルが良いため、普段の彼ならば声をかけたに違いない。

だが、今の彼にとっては化け物にしか見えなかった。

「わざわざ状況を教えるとか、悪趣味だぞ、アナト」

「まっ、こいつらにそんなことを気にしてやる義理はねーですけどね」

リースとラランディが言いながら近づいてくる。

慌てて周りを見渡せば、彼は彼女たちに囲まれてしまっていた。

「ひぃぃぃっ！　お、お前ら、何なんだよぉぉぉっ!!」

「何ってぇ……知っているでしょう〜？」

アナトはそう言うと、胸元をはだけさせる。

深い谷間が見えて思わず鼻の下が伸びそうになるが、そこに描かれていた紋章を見て頬を引きつらせる。

「『救世の軍勢《イエルクチラ》』ぁ……あなたたちが討伐しに来た闇ギルドのメンバーよぉ」

最悪の闇ギルド、『救世の軍勢《イエルクチラ》』。

そのギルドマスターを除くすべてのメンバーが、ここに集《つど》っていた。

「ふ、ふざけんなよ……！　こんな……こんなバカげた奴らを、殺せとか言ってきたのかよ……！」

勝てるわけがない。

いくら荒事《あらごと》になれているグレーギルドの人間でも、鍛《きた》え上げられた騎士でも、闇ギルドには敵わない。

だが、今更そんなことを学んでも遅ぃ。

「さぁてぇ……あなたはどんな死にざまが良いかしらぁ？」

「ひっ……!!」

「植物の蔓で貫かれるぅ？　苦無で滅多刺しぃ？　首を刎《は》ねられるぅ？　頭を吹き飛ばされるぅ？　身体をバラバラにされるぅ？　殴り殺されるぅ？　ゴブリンにリンチされるぅ？　同士討ちするぅ？　選び放題ねぇ」

アナトが殺し方を挙げるたびに、実際にそう殺された仲間たちの惨劇《さんげき》を思い出す。

皆、苦しげな表情を浮かべて死んでいった。

耳を塞《ふさ》ぎたくなるような悲鳴を上げて死んでいった。

そんなことを思い出し、また自分を囲んで見下ろしてくる『救世の軍勢《イエルクチラ》』メンバーの膨大《ぼうだい》な殺意を受けた男は……。

「あへぇあぁぁぁぁぁ……」

精神を崩壊させてしまった。

正常でいられるはずがなかった。

下半身はじんわりと濡《ぬ》れ、ツンとする臭いが辺りを覆う。

「うわっ!? こいつ、漏《も》らしているわよ!!」

「クーリン、あまり言わないでください。壊れてしまったようですね」

「淡々《たんたん》としてやがるですね、シュヴァルトは。おら、ソルグロス。液体ですから、喜んで飲めです」

「ぶっ殺すでござるよ、ララディ殿。こういう時は、ヴァンピール殿がどうかにしてくれるでござる」

「わたくしが何かできるわけないですわ！　リッター、クランクハイト、リース！　助けなさいな！」

「……どうでもいい」

「私も」

「……悪いが、私も。もう帰っていいだろ？」

壊れた男を囲みながら、それぞれ言いたいことを好き勝手に言う『救世の軍勢《イエルクチラ》』メンバーたち。

マスター以外の命令や指示など聞かない個の強い彼女たちの、いつもの光景であった。

「そうねぇ。気持ち悪いしぃ、帰りましょうかぁ」

一応、『救世の軍勢《イエルクチラ》』のまとめ役を務めるアナトが言えば、全員コクリと頷き、さっさとこの場を離れていく。

「あへはははあははは！！！」

残ったのは、糞尿《ふんにょう》を撒《ま》き散らしながら渇《かわ》いた笑い声を上げ続ける男だけ。

闇ギルド討伐作戦は、こうして誰一人として生きて帰ることができないという結果に終わったのであった。

討伐隊の末路

「他のルートから進んでいた別働隊は、全滅したようです」

「そうか」

『救世の軍勢《イエルクチラ》』メンバーが敵を皆殺しにした場所の正反対の位置に、彼らはいた。

彼らは、依頼を受けてやってきたグレーギルドの人間ではない。

暗殺を生業《なりわい》とする、暗殺ギルドの構成員であった。

彼らは、グレーギルドとは鍛え方が違う。

『救世の軍勢《イエルクチラ》』メンバーでも注意しなければ気づけない程度の隠密技術を持ち、着々とギルド本部に近づいていた。

ここまでうまくいっているのは、グレーギルドや騎士たちを囮《おとり》に使ったからであろう。

彼らを殺すことによって気を緩《ゆる》ませ、侵攻を容易《ようい》にしているのであった。

「俺たちにとっては、奴らも依頼を完遂《かんすい》するための道具にすぎん。俺たちの標的はただ一つ、『救世の軍勢《イエルクチラ》』のギルドマスターだけだ」

「はい」

彼らには、暗殺ギルドとしての覚悟と実力があった。

たとえ、仲間が途中で倒れたとしても、一人でも残っていればなお依頼を継続するだろう。

それが、彼らの強さの秘訣《ひけつ》であった。

「ここが……」

ついに、彼らは『救世の軍勢《イエルクチラ》』ギルド本部の前に立つ。

まるで、城のような荘厳《そうごん》なたたずまいに、不覚にも足を止めてしまう。

だが、すぐに意識を取り戻し、マスター暗殺のために動き出す。

――――何か、用かな？

『――――ッ!?』

唐突《とうとつ》に声をかけられ、暗殺ギルドのメンバーはビクッと身体を硬直させる。

上を見れば、バルコニーのような場所から自分たちを見下ろす一人の青年の姿があった。

その優しげな笑みは、ここが戦場になっていることを一瞬忘れさせた。

「……一般人ですかね？」

だからこそ、一人がそんなことを呟いてしまう。

しかし、闇ギルドの本部にいる人間が、単なる一般人のはずがない。

「……いや、違う。あいつが、俺たちの暗殺対象のギルドマスターだ」

暗殺ギルドのメンバー間に緊張が走る。

しかし、多くの殺意と敵意を向けられている青年は、苦笑いをするのみだ。

どうにも今日は騒がしい、何かあるのかな、とのんきに尋ねてくるほどだ。

「どうやら、ギルドメンバーは凶悪かもしれないですけど、あいつは大したことないみたいですね」

自分が囲まれている危機的状況ということすら理解できていないと判断したメンバーは、彼をあざ笑う。

しかし、彼らを率いているリーダーは、マスターに対して不気味さを感じていた。

おかしい、そんなはずがあるか？

恐れられる闇ギルドのマスターが、ただの無能なはずがない。

「俺たちはあんたの暗殺を依頼されてやって来たんだ。大人しくしてくれるんだったら、苦しまずに殺してやるぞ」

だが、リーダーと違って明らかにマスターを侮《あなど》っている男は、そんな言葉を吐いてしまう。

その言葉を聞いて、ようやく彼らの目的が分かったのか、指で頬をかいて苦笑するマスター。

それは困る。まだ見届けなければならないことがあるから。

「じゃあ、覚悟してくれよ」

断られた暗殺ギルドメンバーたちは、武器を構えて殺意をみなぎらせる。

まあ、殺されてくれと言われて大人しくしている者などほとんどいないのだから、それも当然なのだが。

「ま、待て。何か嫌な予感が……」

依頼達成に逸《はや》る部下たちを止めようとするリーダー。

そんな彼の言葉を押しとどめるように、ぶわっと風が吹いた。

生温かい風で、非常に不快な感覚を与えるものだった。

リーダーは目を閉じてしまったが、それは戦闘では致命的なミスになることは分かっているので、すぐに目を開けた。

「ちっ！　なんだ、この風は⁉　おいお前ら、大丈夫か？」

マスターを見るが、今の隙に動くようなことはなく、目を閉じる前と同じ場所に笑みを浮かべながら立っている。

これを見ると、部下たちの言うように、本当に無能なのかもしれないと思えてきた。

感じた不安は、気のせいだったのかもしれない。

そんなことを考えていたのだが、いつまでたっても部下たちから返事がない。

「おい！　返事くらいし――――」

――――無駄だと思うけどなぁ。

「あぁっ!? 何言ってやがんだ、テメエッ! ちっ、お前らもさっさと――――」

苛立ちながら振り向くと、そこに殺意をみなぎらせていた部下たちの姿はなかった。

月明かりが地面を照らす。

緑生い茂《おもど》る草木ではなく、べっとりとした赤黒い血が撒き散らされていた。

そして、先ほどまで立っていた部下たちは皆地面に転がっている。

それも、普通の死体ではない。

四肢がバラバラという、切り裂かれた斬殺体となっていた。

「え……は……? な、なんだ、これ……?」

あまりにもことが唐突過ぎて、リーダーはろくに反応することもできなかった。

何があったのか? いつの間に攻撃を受けたのか?

あの生温かい風が部下たちを切り刻んだのか?

リーダーはマスターを見上げる。

ちょうど、雲に隠れていた月が彼の背後に現れていた。

月を背負うマスターは、本当に一瞬で人を何人も殺したような男とは思えないほど、穏やかな笑みを浮かべていた。

「…………ッ!!」

マスターの身体から、黒いものが溢れ出す。

夜なのだから、黒という色は見えにくいはずなのに、彼の身体から出てくるそれは夜の闇よりも黒く、リーダーの目にはっきりと映る。

それが、質量を増して彼に襲い掛かる。

「ひっ、ひぃぃぃぃぃぃぃぃぃぃぃっ!!」

彼の悲鳴は夜空高くまで響き渡るが、助けは来ることなく黒に飲み込まれる。

それを見るマスターの笑みは、どこか底冷えするものを感じさせるものであった。

プロローグ2

闇ギルドの日常編

食堂冷戦

僕は朝の陽《ひ》ざしを浴びながら、ぐーっと背伸びをする。

早朝なので日差しは非常に弱いのだが、闇ギルドに所属する僕にはこれくらいの光がちょうどいい。

昨日は少し騒がしかったからなぁ……。

これからは、穏やかな日々が続いてほしいものだ。

ねえ、ソルグロス。

「――――――ッ⁉」

僕が声をかければ、後ろでガサガサという音がして、さらにドスンと地面が振動した。

えっ、何事⁉

驚いて振り向けば、同じく目を丸くしているソルグロスが地面に落ちていた。

な、なんで……？

「……それはこちらのセリフでござるよ、マスター。拙者《せっしゃ》の隠密《おんみつ》に気づいていたのでござるか？」

僕はソルグロスの元に駆け寄り、身体を支えながら苦笑する。

いやいや、娘のように大切に想っているギルドメンバーの気配くらい、察知できないわけがないでしょ。

「うーむ……それは嬉しいやら悲しいやら……。しかし、どちらにせよ、拙者のストーカー技術はさらに磨《みが》かねばならないでござるな」

ブツブツと何かを呟くソルグロス。

申し訳ないけど、肩を見せてくれないだろうか？

「え、えぇっ⁉　どうしてでござるか⁉」

いや、それは木の上から落ちたからだよ。

魔力を流し込んで痛みを和《やわ》らげるために、紋章を見せてほしいのだ。

確か、ソルグロスは肩だったよね？

「あ、ああ、そうでござるな。是非お願いするでござるよ」

ソルグロスは肩の忍び装束をまくり上げると、そこには『救世の軍勢《イエルクチラ》』のギルドの紋章が入っていた。

指を添えると、少しぷにっとしていて柔らかい。

そこに、僕は魔力を流し込む。

「んっ……」

ソルグロスは一瞬ビクンと身体を震わせるが、気持ちよさそうに脱力した。

もたれかかってくるけれども、彼女くらい体重が軽ければ何ら問題ない。

「んふぅ……。やはり、紋章からマスターの優しい魔力をもらえるのは、何とも言えないほどの気持ち良さがあるでござる」

目をうっとりさせながら言うソルグロス。

そうなの？　僕からすれば、回復力を上げるためにやっているだけだから、そんな副作用のことは知らないけれども。

まあ、痛いよりはましだよね。

僕は、そう思いながら魔力を流し込むのを止めた。

「んふふ。これは、他のメンバーに自慢できるでござる」

完全回復といった様子のソルグロスに苦笑する。

そう言えば、何か用でもあったのだろうか？

「ああ、そうでござる。朝餉《あさげ》の用意ができたでござるから、是非食堂に来てほしいでござる」

あ、そうか。もう、そんな時間か。

そう言えば、皆集まって食べるのは久しぶりだよね。

ずっと、楽しみにしていたんだ。

「拙者たちも、マスターと食べる食事は楽しみでござる。……他のメンバーはいらないでござるが」

そう言ってもらえると、僕も嬉しいよね。

思わず笑顔になってしまう。

「それでは、拙者は先に行くでござるよ。回復、感謝するでござる」

そう言うと、ソルグロスはサッと姿を消すのであった。

◆

僕は食堂に向かって、ゆっくりと歩いていた。

本当なら、ギルドの皆を待たせているんだから、素早く歩いて食堂に入った方がいいんだけど、以前はそれで大変なことになった。

僕は全然気にしていないけど、ギルドの皆は僕が来るのを出迎えないといけないという独自ルールを作っているらしい。

以前、いつも出迎えてくれているからと僕が先に食堂に入って皆を待っていると、その後からやって来た皆は愕然《がくぜん》としていた。

そして、僕に向かって物凄い謝罪の嵐。

プライドの高いヴァンピールやクーリンも謝っていたので、僕が申し訳なくなったほどだ。

……いや、やり過ぎでしょ。

ちょっと僕が早く来たくらいで、皆とんでもない失態をしてしまったような態度をとるので、学習した僕は少し遅れて食堂に入ることにしているのだった。

あの阿鼻叫喚《あびきょうかん》の状況を再び繰り返さないためにも。

おっと、そう思っていると、食堂の前に着いてしまった。

さて、もしかしたらまだ来ていない子もいるかもしれないから、いきなり入るとまたその子が強く自分を責めるかもしれない。

そう言った事態を避けるために、僕は食堂内の魔力を探ることにした。

僕は大したとりえはないが、魔力に関しては多少の自信がある。

……うん、皆いるようだね。

よし、食堂に入るとするか。

そのように意思を持つと、扉が独りでに開いていく。

……これ、昔から気になっていたけど、どういう造りなんだろう？

疑問に思いながらも食堂に脚を踏み入れる僕。

最大十人がここで食事をとるので、食堂は結構な広さを誇る。

天井には高そうな照明器具がたくさん吊るされており、部屋の端にも何の価値があるのかもわからない高そうな置物などが置いてある。

まあ、それは芸術に対して関心のない僕だから分からないんだろうけど。

それこそ、そういったことに精通していそうなヴァンピールは、価値が分かるのだろう。

食堂の真ん中には細長いテーブルが設置されており、片面に五個ずつ高そうな椅子が置いてある。

そこに、それぞれのギルドメンバーが座っていた。

そして、上座には他のどの椅子よりも豪華《ごうか》で柔らかそうな椅子が置いてある。

僕はそこに向かって歩いた。

いや、僕も皆と同じでいいし、上座に座らなくてもいいと言ったけど、みんなが納得してくれなくて……。

僕がそこに座ると、代わって集まっていたギルドメンバーが一斉に立ち上がる。

「偉大なマスターに、今日も感謝を」

それぞれ個性的なメンバーのまとめ役であるアナトがそんなことを言うと、皆それぞれの場所に手を当てる。

そこは、皆がギルドの紋章を入れている場所だった。

その紋章は、ぼんやりと妖しく光りだす。

ラデイは右の頬。ソルグロスは右肩。リッターはお尻。ヴァンピールは腹部。シュヴァルトが左肩。リースが舌。クーリンは右太もも。クランクハイトが左の太もも。アナトが胸。

その妖しく光る様は、僕たちのちょっと『特殊な』ギルドには不思議と合っていて不気味だ。

ただ、リッターのせいで、コメディみたいになってしまっている。

だが、皆真剣な顔だ。

正直に言おう、ちょっと怖い。

毎日これをやってくれるのだが、別に感謝とかされるようなことは何もしていないんだ。

でも、そんなことを言うと皆ショックを受けそうだから、僕はとりあえず微笑みながらそれを受け取るのだ。

『はい』

僕が座っていいよと言うと、皆が席に腰を下ろす。

そして、ようやくいつもの雰囲気に戻るのだ。

ここまでは、何だか張りつめた空気になるんだよね。

ラディやソルグロス、リッターにヴァンピール、シュヴァルト、リース、クーリン、クランクハイト、そしてアナト。

このギルドにはまったく性格の違う個性的なメンバーがそろっているのだが、あの『感謝』の時だけは皆同じような目をするのだ。

どんよりと濁《にご》った、何だか怖い目である。

まあ、とくにおかしなことは今のところないし、問題はないのだろうけれども……。

僕がそんなことを考えていると、シュヴァルトが料理の配膳《はいぜん》をしてくれる。

メイド服を着ているとはいえ、彼女は雇われているメイドではない。

それでも、このようなことをしてくれるのだから、ありがたいよね。

彼女に礼を言うと、うっすらと微笑んで頭を下げてくる。

うーん……本当のメイドみたいだ。

「マスター?」

少し見とれていると、食事をしながらアナトが話しかけてきた。

おや、どうかしたのだろうか?

礼儀やマナーになかなかうるさい彼女が、食事中に話しかけてくるというのはとても珍《めずら》しい。

聞く体勢になっていると……。

「ソルグロスの紋章を撫《な》でたというのはぁ、本当ですかぁ？」

えぇっ⁉

僕がソルグロスを撫でた⁉　どうしてセクハラしたみたいになっているの⁉

いや、違う。あれは、彼女が木の上から落下したから、回復速度を速めようと魔力を流しただけで……。

「そうなの？　でも、鬱陶《うっとう》しいくらいにソルグロスが自慢していたんだけど」

「仕方ないでござるね。嬉しかったでござるからね」

クーリンの冷たい目もなんのその、ソルグロスはさらにのろける。

いや、歪曲《わいきょく》されたら困るんだけれど。

「ずるいですわ！　ずーるーいーでーすーわー‼」

ゴロゴロと転がって抗議してくるヴァンピール。

ドレスが汚れるよ？

「こ、これはマスターが私の紋章も撫でてくれたら収まるんじゃないかしら……？」

猫をかぶっていない、いつものクランクハイトが提案してくる。

他人がいる所だと凄く大人の女性っぽくなるのに、身内だけだとやっぱりこんな感じなんだね。

それにしても……も、紋章を撫でる？

い、いや……それはなぁ……。

「マスター！　ララの紋章をナデナデしてくださいです！」

早速、僕の近くにやってきて求めてくるラディ。

うん、君は頬に紋章があるからいいのだけれども……。

「それでは、拙者も……」

ソルグロスは一度撫でたことにしたから、なしね。

「なん……だと……!?　でござる」

「私はまだだから、マスターに撫でてもらえる」

「お前はお尻なんだからダメだろ！　ふ、不純だ!!」

スカートをめくりあげてお尻を見せつけようとしてくるリッター。

うん、リースの言う通り、流石にマズイ絵面になってしまう。

しかし、リース。君も舌というかなりマニアックなところだから、撫でることはできないと思う。

不純だ。

「わたくしはお腹ですから、ノー問題ですわね！」

自信満々にドレスをまくり上げようとするヴァンピール。

ちょっと。淑女《しゅくじょ》としてダメじゃない？　それ。

まあ、ヴァンピールなら、懐いてくる犬のお腹を撫でるような感じだし、不純ではないね。

「……マスター。僭越《せんえつ》ながら、私も……」

おそるおそるといった様子でお願いしてくるシュヴァルト。

うん、君は肩だからセーフだよね。

「マスター。あたしの紋章を撫でたかったら、撫でてもいいわよ？」

チラチラと僕を見ながら言ってくるクーリン。

うーん……君は太ももだからアウト。

「じゃ、じゃあ私も……⁉」

唖然とするクーリンの横で絶望するクランクハイト。

うん、君も太ももだからアウト。

「私はぁ……」

アウト。

「……まだ言い切っていないのですけどぉ」

不満そうに僕を見上げてくるアナトだが、これは譲れない。

だって、君の紋章があるところ、胸じゃん。

胸を撫でるって、ダメじゃん？

「ちょっと‼　そんなの、認められないわよ‼」

「うっせーです！　拒否られたクーリンは引っ込んでろ！　です！」

「お尻、撫でて？」

「だから、ダメだって言っているだろ！」

「ですわー！」

ギャアギャアと、食事をする雰囲気ではなくなってしまった。

賑《にぎ》やかなのはいいけれど……どうしてこうなった。

その後、彼女たちを何とか落ち着かせるために、多大な時間と労力を要したのであった。

◆

「なあ、こんなにギルドメンバーが集まっているし、今日、定例会議をしてもいいんじゃないか？」

血の滴《したた》る肉をたっぷりと食べて満足した様子のリースが、突然そんなことを言った。

ああ、定例会議か。

僕のギルド……というか、どこのギルドもそうだと思うけど、毎月一回程度、ギルドメンバーが集まって色々なことを話しあう。

他のギルドなら幹部メンバーだけだろうけど、僕のギルドはそもそも人数がとても少ないため、全員参加となっている。

ギルドにいないことが多いメンバーも、その時ばかりは戻ってくる。

「そうねぇ、次いつ皆が集まれるかわからないしぃ、いいかもしれないわねぇ」

まとめ役のアナトが、顎《あご》に手を添えながら答える。

「マスター、それでいいでしょうかぁ？」

うん、いいよ。

僕は聞いてくるアナトにそう返す。

アナトはコクリと頷くと、穏やかな笑顔から真剣な顔になる。

すると、ワイワイと騒いでいたメンバーも静かになり、真剣な表情になる。

先ほどまで僕の膝《ひざ》の上に座っていたラディも、自分の席に戻っている。

アナトはそんな状況を見て満足そうに頷くと、コホンと喉《のど》の調子を整えて定例会議開始の宣言をした。

「では、闇ギルド『救世の軍勢《イエルクチラ》』の定例会議を始めましょぉ」

僕のギルドの特殊さが分かるだろうか？

そう、僕たちのギルドは闇ギルド。

王国や他のギルドからは犯罪ギルドとして、お尋ね者のギルドである。

……はあ、どうしてこうなったんだっけかなぁ。

定例会議といっても、大したことをするわけでもない。

非常事態が起きた際に行う緊急会議ならともかく、この定例会議では皆元気でいるのかどうか、僕が見るために開催しているものなのだから。

だから、基本的にこの会議で話し合う内容はなかったりする。

皆、元気でなによりだ。

皆はどうにも仕事熱心な気があるらしく、しょっちゅうギルドを留守にする。

それでも、何人かはギルドに常駐しているけれど……。

「大丈夫です、マスター。私たちが『仕事で』怪我することなんてないですから」

僕の心配を吹き飛ばすように、ラディが可愛らしい笑顔を見せてくれる。

うーん……そうは言ってもねえ。

たまに、包帯やガーゼをつけている子もいるしねぇ……。

「はいです。だから、『仕事』で怪我をすることはないです」

……うん？

ララディの言っていることが、いまいちよく分からない。

仕事以外で怪我をすることがあるのだろうか？

「まあ、色々あるですよ」

ララディがテヘッと笑いながらそんなことを言う。

そうなのかぁ……。

「さてぇ、マスターに報告することもないみたいですしぃ、定例会議はここまでよろしいでしょうかぁ？」

アナトがポンと手を合わせて聞いてくる。

うん、そうだね。

皆の元気な顔が見られたし、僕はそれで十分かな。

こうして、定例会議も終わったので食堂を出ようとするが、僕以外、皆立ち上がる様子を見せない。

どうしたんだろう？

「ララたちで仕事の報告をしようと思ってるです」

不思議に思っていると、ララディが教えてくれる。

うーん、なるほど。

仕事の中には守秘義務が課されているものも、少なからず存在する。

いくら、ギルドマスターとはいえ、その秘密を聞いたりすることはできない。

うぅ……僕も何か仕事を受けられたらいいんだけれど、皆が強く反対するんだよね。

……そんなに信用ないかな、僕？

これでも、皆と出会う前は旅をしていたから、荒事も経験があるんだけれど。

まあ、今そんな不満を言ったって仕方ないか。

僕は仕事を適度に頑張るようにみんなに伝えて、食堂を後にした。

『さて、それではマスターにこの世界をプレゼントする算段を決める話し合いを始めましょう』

報告

「今の皆の『お仕事』の状況を～、一度確認しておきましょぉ。まぁ、監視対象にあまり変化がなければ報告はいいわぁ」

ポンと手を叩いて笑いかけるアナトに、メンバーは反応を返さない。

ということは、彼女たちはアナトの提案に賛成したということだ。

こうして、一人一人『お仕事』の進捗を報告することになった。

「まずは、『勇者担当』のララですか？」

最初に報告するのは、ララディであった。

ふわふわとした柔らかそうな緑の髪に満開の花を一つ咲かせているのが特徴的だ。

「うーん……正直、時間が足りていないので進捗と言われても分からないです」

「そうねぇ……。勇者はいきなり現れたから、驚いたわよねぇ」

難しそうな顔をして報告するララディに、アナトも同意する。

「とにかく、動向だけは注視しているです。この前は、魔王軍の幹部を一人撃退していたです」

『おぉ～』

ララディの報告に、小さくどよめきが起こる。

「わたくし、あまり興味がないから知らないんですけれど、魔王軍というのはポッと出の新参者にやられるほど弱いんですの？」

「雑魚《ざこ》です」

不思議そうに問いかけるヴァンピールに、ララディが切り捨てた。

魔王軍の四天王なんて、所詮《しょせん》その程度の認識である。

「まあ、でも万が一があるですからね。仕方ねーですが、監視は続けるです」

「そうねぇ」

ララディの言葉に頷くアナト。

次に視線を向けられたのは、ソルグロスであった。

「うむ、次は拙者の番でござるな」

忍者姿のソルグロスが話しはじめる。

布で顔を覆い、目だけしか出していないのだが、青髪の長いポニーテールだけぴょこんと飛び出ている。

「拙者は『ギルド担当』でござるな。やはり、未だに『救世の軍勢《イエルクチラ》』討伐依頼は極秘裏に出続けているようでござる」

「困りましたね」

ソルグロスの報告を受けて答えるシュヴァルト。あれだけ討伐隊を殺したのだから、あちらも引くに引けないのだろう。

だが、マスターを狙ってくる者を見逃すということもおかしいことだから、討伐隊壊滅は仕方ないことだったのだ。

「ふぅん……そろそろぉ、ギルドの人たちには報いを受けてもらわないといけないかもねぇ。マスターに逆らおうなんてぇ、片腹痛いわぁ」

「うむ、珍しく狂信者に同意でござる」

アナトとソルグロスがコクリと頷き合う。マスターを信奉する狂信者であるアナトと意見が合うなんてほとんどない。

「じゃあ、ソルグロスにはその時までギルド潜入を続けてもらいましょう」

「了解でござる」

「次に報告しないといけない人はいるかしらぁ？」

アナトの言葉に首を横に振るメンバーたち。

じゃあ、ということで彼女は手を叩く。

「皆ぁ、ご苦労様ぁ。これでぇ、私たちの『プレゼント』の最終目標に向けてぇ、どのように動けばいいか作戦を立てられるわぁ」

まとめ役のアナトがニコニコ笑顔で言うと、メンバーたちもニコニコ……いや、ニヤニヤし始めた。

全員、その最終目標とやらを想像して、その素晴らしさに心を焦《こ》がしているのである。

「私たちの最終目標ぉ――――『マスターによる世界支配』に向かってぇ、そろそろ動き出すわよぉ」

アナトの言葉を聞いて、メンバー全員の目に危険な色の火が灯る。

「さあ、動きましょう～。マスターのためにぃ」

『マスターのために』

一斉に席を立ちあがる『救世の軍勢《イエルクチラ》』のメンバーたち。

マスターを異常なまでに愛する彼女たちは、ついに表舞台に立ち始めるのであった。

第一章

勇者パーティー編

一番乗り

今日も今日とて、書類仕事を敢行する僕。
多くのギルドメンバーは、仕事に出て行ってしまった。
皆、それぞれ目が飛び出るほど危険な依頼を受けていた。
僕としては少し心配だが、あの子たちなら大丈夫だろう。
ギルドマスターである僕は、あの子たちを信じてここで待ち続けるだけだ。
そんなことを考えながら、しばらく書類仕事を続けていると……。
「マスター！」
扉を開けてよちよちと歩いてきたのは、ララディだった。
相変わらず、ふわふわの緑髪に乗せられた花が可愛らしい。
ララディは天使のような明るく癒《いや》しのある笑顔を浮かべて、僕を見てくる。
たどたどしく歩いてくるララディを待つことは、僕にはできなかった。
僕は席を立つと、すぐに彼女に近づいて抱き上げた。
「えへへ。お仕事、無事終わったです」
おー、えらいね！　よく頑張ったね！

僕はそんな意味を込めて、ララディをギュっと抱きしめる。

すると、彼女はギルドの紋章が入った頬を、すりすりとこすりつけてくるのであった。

ついでとばかりに、ララディは凹凸《おうとつ》の乏《とぼ》しい肢体《したい》を摺《す》り寄せてくる。

いくら乏しいとはいっても、彼女は女の子だ。

バッチリと柔らかさは感じるのだが、これも甘えの一種だろう。

鋼の理性を持つ僕には何ら問題ない。むしろ、可愛いからもっとやってほしい。

「あふっ、あふっ」

……でも、こんな色気のある声を出すようになっているからダメだな。やっぱり、禁止。

何だか不穏げな言葉を出し始めたララディを、ニッコリ笑顔で引き離す僕。

「あう……残念です」

もっと、子供の反応をしてくれれば全然いいんだけれどね。

それにしても、最初に帰ってきたのはララディだったかぁ。

リースやクーリンが先に帰ってくると思っていたけれど……。

「えっ！　ララが一番乗りですか!?　やったぁっ！　最初に帰ってきた人がマスターと一緒に過ごせるという話は、ララがいただくです！」

ララディはとても嬉しそうに笑っている。

僕と一緒にいられるということでララディが喜んでいると、僕も嬉しくなってしまう。

「まあ、他の変態共《メンバーたち》は依頼の他に、『監視』のこともあるですしね。ララの監視が『勇者』でよかったです」

何だか凄くあくどい笑顔を浮かべるララディ。……監視？

「マスター、マスター！　ララの歩行練習に付き合ってほしいです」

ララディはひらめいたといった表情を浮かべた後、僕に抱き着いてきてそう言った。

歩行練習かぁ。

ララディは種族的に、歩くという行為があまり得意ではない。

そのため、時々ではあるが僕は彼女の歩行練習に付き合っているのだ。

子供のように思っているララディが成長するため努力したいというのなら、当然全力で応援する。

ちょうど、書類仕事も終わりかけていたんだ。

「やったです！　じゃあ、お外行くです！」

ララディは僕の手をグイグイと引っ張りながらそう言った。

外？　別に、ギルドの中でもいいと思うんだけれど……。

ギルドの中には庭とかもあるし……。

「気分的なものです。ちょっと、遠出した方が楽しいです。……そろそろ、あいつらも帰ってくるころです。ララとマスターがいると、絶対に乱入してくるに決まっているです。それは、断固として阻止するです！」

なるほど、後半はあまり聞き取れなかったが、ララディの言葉には一理ある。

僕も、最近はずっとギルドに籠《こも》りっぱなしだったし、外に出るのもいい気分転換になるだろう。

よし、外に出ようか。

「はいです！　……しめしめ。ここで、マスターとの間柄をさらに深めて、マスターの妃《きさき》となる最終目標に近づくです」

僕がニッコリとラディィに笑いかけると、彼女も何も悪いことを企んでいない純粋無垢《じゅんすいむく》な笑顔を見せてくれた。

僕たちは二人仲良く、手をつないで外に向かった。

……さっきから時折後ろを向いてブツブツ呟いているのは何だろう？

「ちっ！　先を越されたでござるか!!」

僕とラディィが出て行った後、そのような声が聞こえてくるのは余談である。

勇者パーティー

「あぁぁっ！　つっかれたぁっ!!」

「ロングマンさんったら、はしたないですよ」

「いやー！　それでも、魔族討伐の後に王様と会うとか、疲れるって！」

王が住む城の一室に、四人組のパーティーがいた。

一人は重たそうな鎧を着たまま、ベッドに飛び込む。

彼は、ロングマンと呼ばれていた。

「ははは。まあ、確かに疲れたよね。あまり、怒らないで上げてよ、メアリー」

ロングマンを見てメッとしかりつける修道服を着た女を、メアリーと呼んで苦笑しているのはユウトという男だ。

彼は剣を置き、二人を笑って見ていた。

「…………」

そして、最後の一人はむっつりと黙り込んでいる。彼女はマホといった。

「それにしても、皆様お見事でした。まさか、魔王軍四天王の一人であるドスを倒してしまうなんて……」

「いや、でも逃げられたし、倒しきれなかったよ」

メアリーがポンと手を叩いて三人を褒め称えると、ユウトは恥ずかしげに笑う。

「なぁに言ってんだよ！　王様も、俺たち――勇者パーティーが初めて魔王軍の四天王を追っ払ったって言ってただろ⁉　誇っていいんだよ！」

そんなユウトの肩をばしばしと叩きながら大笑いするロングマン。

確かに、王国の軍隊は彼らが四天王を追い返すまで魔王軍にやられっぱなしであった。

勇者パーティーは、確かに快挙を成し遂《と》げたのである。

「……ねえ。このままで本当にいいのかな？」

そんな彼らに水を差すようなことを、マホが口にする。

事実、ユウトやメアリーは心配そうに彼女を見ているが、ロングマンはあからさまに不機嫌な顔になる。

「……おい、もうその話は何度もしたじゃねえか」

「で、でも！　本当に魔王軍を倒せば、私たちは家に……元の世界に帰られるの⁉」

マホは目に涙を浮かべながら声を荒げる。

彼女の言葉を聞いて、ユウトは目を伏せる。

ユウトとマホ、そしてロングマンは異なる世界からこの世界に召喚された別世界の人間であった。

「この国の王はそう言っていたけど、それって本当なの⁉　いきなり私たちを無理やり連れてきて、魔王と戦えなんておかしいわよ‼」

「そ、そのことは本当に申し訳なく思っております。しかし、この国はそのようなことをしないといけないほど追い詰められているのです。どうか、怒りを鎮めてください」

マホの怒りを何とか抑えようとするメアリーは、勇者パーティー唯一のこの世界の住人であった。

この世界の常識やマナーを教える係。それに、戦闘時の後方支援として彼らをサポートする。

「そんなこと、あんたたちの事情でしょ！　私たちは関係ないじゃない！」

「で、でも、僕たちが戦わないと、この国に住む多くの人たちが危険な目にあう。僕は、皆を助けたい」

どんどんとヒートアップしていくマホを、ユウトも止めようとする。

キリッと顔を厳しくして、立派なことを言う。

しかし、今のマホに火に油を注ぐ行為となってしまった。

「何でここの人間を助けるために、私が命を懸《か》けないといけないの⁉　私は、普通の生活がしたかっただけなのに‼」

「うるせえよ！　いい加減黙れ‼」

ついに、ロングマンも声を荒げる。

大の男に詰め寄られても、マホの怒りは収まらない。

涙の溜《た》まった目で、ロングマンを鋭くにらみつける。

「何が不満なんだよ！　王様は俺たちに美味《うま》い飯だってくれるし、良い女だってくれる！　サポートはしてくれているじゃねえか！」

ロングマンはマホと違って、この異世界に早くから順応していた。

元の名前からも改め、ロングマンと名乗っている。

彼は、現状にとても満足していた。

元の世界ではうだつの上がらないサラリーマンだった彼は、この世界で勇者のパーティーともてはやされることがなによりも快感だった。

マホと違って、彼はここで生活することに満足していた。

「おかしいじゃない！　さっき、なんて言われたのよ！　闇ギルド『救世の軍勢《イエルクチラ》』をどうにかしてほしいですって⁉　魔王軍と何の関係があるの⁉　便利な駒として使われているだけじゃない⁉」

「そ、それは……」

ユウトもそれは思っていたことだった。

魔王軍の幹部を撃退した彼らが王から告げられたのは、闇ギルド『救世の軍勢《イエルクチラ》』を倒してほしいというものだった。

以前、王国騎士団が討伐のために出陣して、全員帰ってこなかったらしい。

いや、一人の生存者は見つかったのだが、精神が完全に崩壊していて何が起きたのかさっぱりわからなかった。

おそらく、とてつもない恐怖を味わって壊れてしまったのだと推測されるが……。

「それでも、この国の人たちのために、僕たちは戦うべきだ」

マホのありとあらゆる感情を込めた言葉も、ユウトやロングマンには届かなかった。

ユウトは決意を固めている顔をしているし、ロングマンもこの生活を手放してなるものかと意固地な顔をしている。

「〜〜〜〜もういいわよ!!」

自分の意志が分かってもらえないと、はっきり理解したマホは、怒りのまま部屋を飛び出していく。

部屋を飛び出したマホの目からは、ついに決壊した涙がボロボロとこぼれていた。

「(何で、皆分かってくれないの？　元いた世界に……家に帰りたくないの？　私は帰りたいよ……)」

すれ違ったメイドや騎士たちがぎょっとした目でマホを見るが、今の彼女はそれでも感情を抑えることができなかった。

いきなり、異世界という場所に問答無用で連れてこられて、待っていたのは命を懸けた戦い。

もともと日本の高校生という、戦いから最も縁遠い地位にいたマホは、このような生活は耐えられなかった。

「(誰か……私を助けて……っ!)」

悲痛な叫びを漏らすマホ。

その願いは誰にも届かない。

……しかし、願いは届かなかったが、近い内かなうことになるとは、この時はマホ自身、思いもよらなかった。

ララディの束の間の幸福

「マスター、こっちですよー」

ララディは今、とてもはしゃいでいた。

なんと、マスターと二人きりで外出することができたからだ。

普段からずっとマスターに引っ付いている『救世の軍勢《イエルクチラ》』のメンバーたちはいないし、ストーカーであるソルグロスもいない。

なんて、素晴らしい日なのだろうか……。

マスターも、仕方ないなぁといった表情を浮かべながらも、よちよちと歩くラディの後ろに付いてきてくれている。

マスターとラディは、ギルドの外に出て、とある森にやってきていた。

ここには、とてもきれいな花畑があった。

しかも、驚くことにリードしたのはラディではなく、マスターである。

ラディが喜びそうなところがあると聞いて、のこのこと付いて行ったらこんなに素晴らしい場所だったのだ。

マスターと一緒ならどこでも楽しいのだが、こんなところに連れてこられては自身の全てを渡すほかない。

「わぷっ⁉」

うふふふふっと陶酔《とうすい》していると、うっかり転んでしまう。

種族的に歩くことがそれほど得意ではないのに、はしゃいでしまった代償《だいしょう》だ。

まあ、下は柔らかい花や植物に覆われているから、怪我どころか痛みすら感じなかった。

「えへへ。慣れないことはするものじゃないです」

マスターが近寄って抱き上げると、ラディは恥ずかしそうに頬を染める。

恥ずかしげにしているが、心の中はマスターに抱き上げられてとてもハッピーであった。

普段は何とかマスターをものにしようと色々と画策《かくさく》しているが、子供らしくて愛らしい性格もしっかりと持ち合わせている。

「はいです」

マスターが歩行練習をしようと提案してきたので、断ることなんてできないし、第一断ることなんて考えすらしないララディはコクリと頷く。

マスターはララディの小さな手を取って、きれいな花畑を歩き始めた。

これだけで、もう死んでもいいとララディが思うほどの幸せがあった。

マスターは歩行が苦手なララディが、練習は厳しいので景色だけでも楽しんでもらおうとここを選んだのだが、彼女は景色そっちのけでマスターの横顔を見上げながら歩いているので、あまり意味はなかったようだ。

マスターも久しぶりの外出が気晴らしになっているようで、笑顔がいつもの一割増しで輝いている。

ララディはそんなマスターを見てとても満足気だ。

「ふっ、ふっ……」

ララディは歩くことに息を荒げながらも、マスターとの運動に顔を輝かせていたのであった。

そうして、しばらく歩行練習をした後、一時休憩を取ることにした。

「はふぅ……疲れたです……」

マスターの膝の上に座って、汗をぬぐうララディ。

マスターと一緒だからということで、ついつい張り切ってしまった。

甘えるように彼を見上げれば、察してくれて頭を撫でてくれる。

汗をかいているからちょっと恥ずかしいが、撫でられる快感に羞恥心は勝てなかった。

マスターも、文句ひとつ言わずによく頑張ったと声をかけてくれる。

そりゃあ、二人きりのデートで文句など言うはずもない。

「んー……このまま眠っちゃいそうです……」

マスターの膝の上でふわーっと可愛らしく欠伸《あくび》をするラランディ。

花の良い香りがするし、気温もちょうどいい。

さらに、運動した後となれば睡魔に襲われても仕方ないだろう。

目を細めて、うつらうつらとする。

「あ、そうです。ララ、今日はお弁当を作ってきたです」

このまま寝てしまおうかと思っていたが、重要なことを思い出してパッと睡魔を追い払う。

貴重なマスターと二人でイチャイチャできる時間なのだ。寝ている暇なんてない。

ララディが能力を使うと、地面からにょこっと大きな花が飛び出してきた。

その花びらが開くと、中にはバスケットがいくつか入っていた。

マスターはララディの能力を見る機会というものがほとんどないため、珍しそうに花を見ている。

頼まれれば能力くらい、いつでも見せるし、頼まれなくてもどこでも見てほしい。

そんなピンク色の思考を、頭を振って追い払う。

「よ、よかったら、マスターにも食べてほしいです」

化け物だらけの『救世の軍勢《イエルクチラ》』のメンバーと向かい合うときですら動じないラディは、今ドキドキと胸を高鳴らせていた。

マスターは、いいのか？　と聞いてくる。

「はいです。もともと、食べてもらうつもりだったので……。リースやヴァンピールみたいな大食らいと違って、ララは小食ですから」

そう言うと、マスターは嬉しそうに微笑んでくれた。

その笑顔を見て、ララディはもっと嬉しくなってしまう。

気分がよくなりすぎて、ちょこっとリースとヴァンピールが聞いていたら激怒しそうなことも口にしちゃうほどだ。

まあ、ここにはいないから何を言ってもいいだろうとララディは勝手に納得する。

「じゃじゃーんです！」

ララディはカパッとバスケットを開けると、中には美味しそうなサンドウィッチが詰まっていた。

さらに、もう一つのバスケットには、瑞々しい緑のサラダが入っていた。

マスターは目を輝かせてそれらを見ている。

とても美味しそうだと、ララディに見た目の感想を告げる。

ちゃんと料理をしたと自負していたが、そう言われるとほっと安心するララディ。

マスターに変なものは食べさせられないのである。

ちょっとした液体を入れるのは、まあ認めてほしい。皆もやっているし。

それはともかくとして、ララディはドキドキしながらマスターを見るのであった。

「ささっ、マスター食べて。感想がほしいです」

ずずいっとララディがバスケットをマスターに差し出す。

マスターはコクリと頷いて、バスケットの中に手を伸ばす。

彼はバスケットからサンドウィッチを一つ取り、口に入れた。

そのすぐ後、ララディに美味しいという感想を伝えた。

「ほ、本当ですか？　あまり、慣れないからとても不安です……」

基本的に、ギルドで食事をとる時はシュヴァルトに任せているララディ。

料理もあまりしないので、正直自信があるというわけではなかった。

もう一度聞き返すと、また美味しいという言葉が笑顔と共に戻ってくる。

「はふっ、よかったです……」

ほっと安堵のため息を漏らすララディ。

そんな彼女に、マスターはお弁当を食べてみたらいいと提案してくる。

せっかく作ってくれたんだから、二人で楽しんで食べようということらしい。

「はいです」

ララディもサンドウィッチを食べ始める。

あぁ……マスターとこうやって過ごせることが、本当に幸せでたまらない……。

最近は世界をマスターにあげるために、色々と外に出て活動することが多くなってきた。

もちろん、マスターに捧げるためのお金を稼ぐために、闇ギルドに送られてくる仕事も受けなければならない。

数少ない休日を利用してマスターと遊ぼうとしても、絶対に誰か一人は『救世の軍勢《イエルクチラ》』の鬱陶しい雌猫が引っ付いてくる始末。

そんな気が荒《すさ》んでしまうような毎日の中で、ようやく見つけた救済の日が今日なのである。

強烈な幸福感を得ていても何らおかしくない。

「あ、マスター。もっと、サンドウィッチとサラダを美味しくすること、できるですよ」

ラディは頬をうっすらと染めながら、そんなことを言う。

今の言葉のどこに恥ずかしがる要素があるのかわからないマスターは、首をひねるばかりだ。

だが、ララディにとっては、かなり勇気を出して言った言葉に違いなかった。

マスターはどうやって味付けをするのかまったく想像ができなかったが、せっかくだしやってもらうことにした。

「よし、じゃあやるですよ」

ララディは立ち上がり、ふんすと気合を入れる。

料理と違ってこの味付けにはとても自信があるが、口に入れるのは最も尊いマスターである。

決してマズイ『あれ』を出すわけにはいかない。

そう固く決心して、ララディはカッと目を見開いたのであった。

「うぅぅぅぅっ！」

そして、突然力みだすララディ。

あまりにも唐突な展開に、マスターも目を丸くしている。

しかし、ララディは愛しのマスターに驚愕と疑念の目を向けられていることにまったく気づかず、力を込めつづけた。

可愛らしくてプニプニの頬が真っ赤になっているし、キュッと顔をしかめているのは思わずマスターのニコニコ度が三割増しするくらい愛らしい。

いったい、これから何が起きるのだろうか……？

「あぁっ！　出そう、出そうです！　マスター！　近くにサンドウィッチとサラダを持ってきてほしいです！」

ララディはまったく余裕が喪失《そうしつ》しており、思わず至高のマスターを小間使いのように扱ってしまう。

あとで、いくらでも謝るとして、今は『あれ』を味わってほしかった。

マスターも嫌な顔一つせず、ララディの様子を心配そうに見ながら言われたものを取りに行く。

そして、慌ててバスケットを彼女の近くに持って行く。

ララディの小さな身体が、ブルブルと震えはじめる。

「うぅぅぅぅぅぅぅぅぅっ!!」

ギュッと力を込めるララディは、現在ラストスパートに入っていた。

マスターはその近くで、ドキドキワクワクといった様子で見ていた。

「うぁんっ!!」

ララディは、ビクンと身体を大きく震わせた。

その後、ピクリとも動かずに身体を硬直させる。

マスターは目を見開いて驚いている。

何か、身体に不具合でもあるのかと心配そうに聞いてくれるが、ララディははあはあと荒い息を抑えるのに必死である。

マスターが心配そうに見つめる中で、ララディの身体に異変が起きた。

いつも彼女が頭に咲かせている花から、じんわりと液体が滲《にじ》み出したのだった。

ララディは頭を下げて、それをバスケットの中のサンドウィッチとサラダにかけた。

「ふー、できたです。さ、どうぞです、マスター」

ララディは仕事をやり遂げた職人のように額の汗をぬぐい、そのサンドウィッチを差し出した。

これはなにと聞いてくるマスターに、ララディは恥ずかしがりながら答える。

「ララの蜜《みつ》です」

そう、これはララディが自分の身体から絞り出した蜜であった。

それは体液と一緒ではないかと思うかもしれないが、卑猥《ひわい》な意味は微塵《みじん》もない。

ララディの種族にとっては、普通の行為である。

初めて見たと驚くマスターに、皆にも秘密にしていることを告げる。

「たまに、料理の中にインしているです」

ほへーっと笑いながら驚くという器用なことをしてみせるマスター。

他の者たちは、何やら怪しげな薬品やら黒魔術やらをかけようとするので、毎回キッチンではマスターにばれない程度の戦争が勃発《ぼっぱつ》しているのである。

「ささっ、マスター。遠慮せずに、ガブリといくです」

ララディはマスターに蜜つきサンドウィッチを勧める。

これは秘密だが、マスターが自分の蜜を食べるということにとても興奮《こうふん》している。

じっと彼女が見つめる中で、マスターはトロリとララディの蜜がのったサンドウィッチを口に頬張る。

しばらく、もぐもぐとサンドウィッチを頬張っていたマスターは、さらに笑顔を濃くした。

そして、次に口にしたのはこんなに美味しいものは初めて食べたというお褒めの言葉だった。

それを聞いて、ララディは背筋に走るゾクゾクとした快感を得ていた。

「あはぁ……。マスターに喜んでもらえて嬉しいです」

マスターからありがとうと伝えられて、ララディは陶酔しきった顔を見せる。

現在では、たとえこの世界の最高権力者である王や魔王であっても滅多に手に入らないララディの蜜は、マスターの舌を満足させるだけの味があった。

一度食べれば中毒になってしまうララディの蜜だが、マスターほどの強靭な精神力があれば大丈夫だろうと思って彼女はトッピングした。

事実、マスターは狂ってララディに詰め寄ることはなく、ニコニコとしている。

「(マスターの身体の中に、ララの大切な場所からにじみ出た液体が入っていく……っ！　あふぅぅぅっ！　たまらねーですぅっ!!)」

ララディは身体をひねって、ビクンビクンとする。

マスターは彼女の異変に首をひねるが、あまりにも蜜が美味しくて食事を継続してしまう。

「あっ、マスター。ララが食べさせてあげるです。あーん」

ララディはマスターにむかってよちよちと近寄っていき、満面の笑みで蜜がたっぷりと塗られたサンドウィッチを突き出す。

こうすると、自然と身体が密着できるので、凹凸が少ないながらも柔らかさを持つ未発達な身体をすり寄らせることも可能となる。

マスターはそんなララディの思惑に気づいた様子はなく、仕方ないとばかりに苦笑して口を開けた。

「今度はララの番です。あーん」

親鳥に餌《えさ》を与えられるのを待つひな鳥のように口を開けるララディ。

マスターは苦笑しながら彼女にサンドウィッチを差し出す。

「んふー！　美味しいです」

ララディは頬に手を当てて、満足そうに唸った。

自分の蜜を食べるのはあまり好きではないのだが、マスターに食べさせてもらえば本当に美味しく感じてしまう。

その後も、しばらく食べさせ合っていたマスターとララディであったが……。

『グォォォォォォッ!!』

そんな、ほのぼののんびりとした空気を強制的に終了させる怒号が上がったのであった。

このとき、キラキラと輝いていたララディの目が一瞬で死んだのは余談である。

オークと勇者パーティー

う、うわ。キラキラと輝いていたララディの目が、一瞬で澱《よど》んだ。

彼女の目の件はさておき、一体何事かと驚きながらも声の方向を見る。

あ、オークか。

とてもポピュラーな魔物の一種であるオークが、こちらに向かって猛然と走ってきていたのであった。

それも、複数体。

まあ、オークが少数ながらも群れて行動することはさほど珍しくない。

ちょっと不思議なのは、オークは木々の生い茂る陰鬱とした暗い森を好んで住処《すみか》にする。

森の中とはいえ、僕たちがいる花畑はかなり広く、日当たりも見通しもいい。

だからこそ、オークをすぐに見つけることができたのだけれど、こんなところにオークが突撃してくるだろうか？

色々考えるが、現にオークは僕たち目がけて猛突進しているのだから、考えても仕方ないか。

「あのオーク……よくも……っ!!」

僕の隣にいるラディが、怒りで鬼のような形相を浮かべてオークを睨みつけていた。

いつもニコニコと可愛らしい笑顔を浮かべてくれる彼女と比べると、ひどくギャップがある。

ラディがこれだけ怒っているのは、簡単に予想ができる。

オークたちは僕ら目がけて猛然と走り寄ってきているのだけれど、その重たい脚を蹴りあげるたびにきれいな花が無残にも飛び散ってしまうのである。

僕でも眉《まゆ》を顰《しか》める光景なのに、植物と深くつながりのあるララディからすると絶対に許せないだろう。

「絶対に許さねえです……っ!!」

ララディの背後から、ズルズルと太い植物の蔓が現れて、獲物を貫くのを待っているようにふらふらと揺れている。

本当ならララディに全部任せて僕は後ろで見ていても大丈夫だろう。相手は単なるオークだし。

でも、やっぱり彼女だけを戦わせるなんてことはできないよね。

僕だって最近はギルドに引きこもりっぱなしだったけれど、ギルドを作る前までは旅をしていて戦闘の機会を得ていた。

オークくらいなら大丈夫……なはずだ。

「ま、マスター……ララを守るために……っ」

ララディは隣に立った僕を、感動に打ち震えたようにキラキラとした目で見てくる。

なんだったら、全部僕に任せてくれてもいいんだけれど。

そう伝えると、ぶんぶんと激しく首を横に振るララディ。

長くてふわふわの緑髪が靡《なび》いて、僕に当たってちょっと痛い。ビシビシ痛い。

「マスターとの初めての共同作業！　頑張るです！」

うん、言葉には何か引っかかるものがあるけれど、間違いではないよね。

『オォォォォォォッ!!』

オークたちと僕たちの距離が随分と近くなってきた。

近くで見ると、かなり汚らしい身体である。

まあ、人間と違ってオークには水浴びの習慣はないようだから、仕方ないんだろうけれど。

僕は接近戦にはそれほど自信がないし、今から魔力を彼らにぶつける戦い方をしようと思う。

ララディも同じタイプなので、蔓がうねうねとしながらオークたちを狙っていた。

そうして、そろそろ攻撃を仕掛けようかなぁと思って僕とララディが態勢を整えたときだった。

「待てっ!!」

僕のものでも、ララディのものでもない声が花畑に響き渡ったのであった。

もちろん、オークは人間の言葉を話せないので除外する。

……ということは、第三者だろうか？

その疑問は、すぐに解決することとなった。

オークがその声に驚いて固まっている間に、僕たちとオークの間に一人の少年が現れたのである。

鎧を装備しているが、騎士のようにガチガチに武装しているというわけではなく、リッターのように要所要所を隠しているような軽装備。

手には立派な剣を持っていて、僕たちに背を向けている。

このタイミングの良さ、まるでヒーローのようだ。

「あ、こいつは確か……」

ラランディは小さな声でそう呟いていた。

ん？　知り合いかな？

「はぁ、はぁ……っ！　ちょっと、待てよ！」

僕たちの前に立ちはだかる少年の元に、一人の男が駆け寄る。

この男は重装備だな。騎士かな？

男の後ろには、二人の女の子も付いてきていた。

……どこかに所属しているギルドのメンバーだろうか？　もしそうだったら、ちょっとまずいな。

「はいです」

僕が目配せをすると、ララディがコクリと頷く。

彼らにばれないように小さな花を地中から出して、その花びらの中に入ってあった粉を掴む。

それを、ギルドの紋章が入れられている右の頬にパホパホとまぶすと、あら不思議。ララディの右頬には、何も描かれていないたまご肌が露《あら》わになっていた。

察しがよくて助かるよ。

ラディの素早い対処のおかげで、あの四人組には見られていなかったようだし。

僕たち闇ギルドは、正規ギルドやグレーギルドと対立しているからね。

無駄な戦闘は避けたい。

「僕たちが来たからには、もう大丈夫ですよ」

最初に駆けつけてくれた少年は、そう言ってニコリと笑いかけてくれる。

う、うん……どうもありがとう。

「けっ」

ら、ララディ。死んだ目をしながら唾《つば》を吐くのはやめたほうがいいんじゃないかな？

ここ、君の大好きな花畑だよ？

あと、見た目とギャップがあり過ぎて凄い。

「おっ、可愛い子がいるじゃん。こりゃあ、負けられないな！」

「お前に言われても嬉しくねーです。マスター、プリーズ」

重装備の男はララディを見て、気合を入れていた。

そうだろう！　可愛いだろう！

僕の娘同然のギルドメンバーは、皆可愛いのだ！

ララディも褒められたら喜んでもいいんだよ？

「よし、行くよ！　ロングマン！」

「おうよ、ユウト!!」

『グォォォォォッ!!』

ユウトと呼ばれた軽装備の少年と、ロングマンと呼ばれた重装備の男がオークに向かって行く。

オークも新たな獲物が来たとばかりに襲い掛かる。

こうして、ほのぼのとしていた花畑は一気に戦場になったのであった。

花畑の戦い

「うぉぉぉぉっ!!」

オークの重たそうな攻撃を、重装備の男が受け止める。

……男とか少年とかだったら呼びづらいし、心の中では名前呼びでいいか。

「はぁぁぁぁっ!!」

そして、オークが攻撃後に硬直している隙に、軽装備の少年がオークを斬りつける。

きれいな花に、オークの汚い血が付着する。

おぉっ。人助けをする余裕があるくらい、彼らも強いようだ。

まあ、オークがそれほど強い魔物ではないということもあるだろうけれど、戦い方はとても様になっている。

よかった。僕たちが闇ギルドって知られていたら、彼らとの戦いは避けられなかったかもしれない。

「ロングマンさん！　怪我をしたら下がってください！」

「おうよ‼」

ロングマンの後にやって来た女の子二人のうちの一人が、オークの攻撃で軽い怪我を負った彼に呼び掛ける。

その子は、アナトのように修道服を着ていた。

でも、ちょっとだけ意匠《いしょう》が違うね。よかった。彼女もアナトのようにマスター教なるヘンテコな宗教の信者だったら、僕は失神していたかもしれない。

「天使様。彼に癒しを……」

「よし、助かった、メアリー！」

男が怪我をした場所に手を触れて、目を瞑《つむ》って彼女――メアリーが祈ると暖かな光が溢れ出す。

軽いかすり傷を負っていたロングマンは、全快する。

……あれが回復魔法？

ふーん……まあ、あの程度で傷が治るから力を抑えたんだろうな。

僕が軽い怪我を負ってしまった時に、アナトが顔を真っ青にして猛烈なまでに回復魔法をかけてきたから、ついつい比較してしまう。

あの時は凄かったなぁ。アナト、あれだけの回復魔法を使っていたら、死んでいた者も甦《よみがえ》るのではないかと思ったくらいだ。

もちろん、そんなことはないけれど。

「うぉぉぉぉっ!!」

少年——ユウトの剣が、オークの首に突き刺さった。

オークは血を噴き出しながら、花畑の中に倒れこんだ。

いくら、生命力が強いオークでも、首にあれだけの致命傷を負えば戦うことはできないだろう。

『ガァァァァァァッ!!』

「しまったっ⁉」

だが、その隙にロングマンが押さえていたもう一体のオークが、僕たち目がけて走り出した。

四人組が手ごわいと判断して、まだ戦っていない僕たちを標的にしたのだろう。

オークにしては賢い選択かもしれないけれど、僕はともかくラディはとっても強いよ?

とにかく、こっちに来たんだったら追い払わないと。

僕はそう思って、手に撃ち出す魔力を溜める。

「アース・バレット!!」

『グァァァァッ⁉』

しかし、僕が魔力を撃ち出す前に迫ってきていたオークが土の塊に吹き飛ばされてしまう。

誰かと思えば、四人組の最後の一人である少女が、魔法を撃ち出したのであった。

おっ、助かったよ。ありがとう。

「……ッ」

そう伝えるも、プイッと顔を背《せむ》けられる。

……まあ、こういうこともあるよね。

ギルドメンバーは違うんだけれど、僕は初対面の人……とくに、女の子からは避けられることが多々ある。

何でだろう……。清潔感《せいけつかん》は気を付けているんだけれどな。

「……あっ。こいつ、マスターのイケメンスマイルを見てダメージを受けたですね。もし、女を見せたら殺すです」

ララディ、何でぼそぼそ言いながらあの子を睨んでいるの？

「あっ、最後の一体が逃げ出しやがったっ‼」

ロングマンの声を聞いて辺りを見渡すと、生き残りのオークがダッシュで森の中に走って行っていた。

仲間が二体もやられたので、勝てないと判断したのだろう。

「これは……追いかけられないね」

ユウトがそう言って剣を収めると、戦闘の緊張が緩和される。

いやー、助かったよ。ありがとう。

僕が四人組の彼らにそう伝えると、ユウトが申し訳なさそうに僕たちを見た。

「いえ、お礼を受け取れないどころか、僕たちは謝らないといけません。あのオークたちは、僕たちが違う場所で戦っていたんです。混戦の中、あの三体に逃げられて慌てて追ってきたところに、あなたたちがいたんです」

なるほど。やはり、こんなところにオークが自らやってくるはずはない。

ユウトたちに追いかけられていたから、こんな見通しの良い花畑に乱入してきたのだろう。

「すみませんでした！」

「私からも謝罪します」

ユウトとメアリーがペコリと頭を下げる。

しかし、ロングマンともう一人の女の子は謝ろうとはしなかった。

「…………」

ララディ。僕は怒っていないから、その忌々《いまいま》しそうな顔はやめて。

僕しか気づいていないけれど、いつかばれるから。

女の子は、僕をじーっと見てとても警戒しているような目をしていた。

な、何でだろう……？

とりあえず、僕は怒っていないことと、助けてくれたお礼を彼らに伝えたのであった。

「そう言ってくれると助かります」

「なっ？　謝る必要なんてないって」

「ロングマン！」

 はは、ロングマンはとても正直な男のようだ。

ただ、正直は美徳だけれども時と場合は考慮する必要があると思う。

現に、ララディの纏《まと》う雰囲気がとてつもなく冷たいものとなっているから。

「……ねえ、あなたたち、何でこんなところにいるの？」

おっ、初めてあの女の子が話しかけてきてくれた。

ちょっと、嬉しいかも。

「ララの歩く練習です。ここはきれいな花畑だし、連れてきてもらったです」

「……ふーん」

ララディが質問に答えると、女の子は何か疑念を抱えるような目で僕たちを見てくる。

……うーん。どうやら、この子は随分と疑ぐり深いようだね。

あまり、情報を渡さないように注意しないと……。

さて、じゃあ彼らが何でここにいるのかを聞こうかな？

「あ、僕たちは依頼を受けて、この森を抜けた村に向かっていたんです。その途中で、たまたまオークと遭遇して……」

それで、逃がしてしまったオークを追いかけて、僕たちと出会ったということか。

「あの……もしよかったら、僕たちが向かっていた村まで同行させてもらえませんか？　やっぱり、どうしてもこのままじゃあ気がおさまらなくて……。この森は魔物が出ますから、そこであなたたちを守れば少しは償《つぐな》いになると思って……」

ユウトが恐る恐るといった様子で提案してくる。

う、うーん……ユウトが義理堅い性格だということは分かったけれど、これはちょっと有難迷惑かな？

僕たちのギルドと彼らが向かっている村はかなり離れているだろうし、そもそも、この森に出てくるような魔物では、ラフディどころか僕でもどうにかできる。

別に、彼らに守ってもらわなくても、この森の隅から隅まで探索できてしまうだろう。

本当は断りたいんだけれど……。

「どうするです……？　頭がぱっぱらぱーになる香りを出す植物を出すですか？」

ラフディが僕にしがみついて、ぼそぼそと提案してくる。

……うん、やり過ぎだから。

頭がぱっぱらぱーって何？　どんなに強い毒草を嗅《か》がせようとしているの？

僕は、彼ら四人組を「守る」ために、ユウトの提案を受け入れたのであった。

自己紹介

「じゃあ、自己紹介しますね。僕はユウトと言います」

ユウトはこのパーティーのリーダーみたいだね。よろしく。

「私はメアリーです。天使教のシスターです」

修道服姿の女性がきれいな笑顔を浮かべて自己紹介をする。

て、天使教か……。アナトとの相性は最悪みたいだね……。

天使教って、他宗教を容認しない過激な宗教だしなぁ……。

「俺はロングマンだ！　よろしくな、ラディちゃん！」

「ふふ」

キラリと笑顔を見せて、露骨にラディに好意を向けるロングマン。

ラディの不自然なまでにきれいな愛想笑いが炸裂する。

どうやら、ラディは彼のことが嫌いらしい。

僕の手を彼らに見えないようにキュッと握って、何かをこらえるようにフルフルと震えている。

……彼らをボコボコにしたい衝動とかではないよね？

「……私はマホ」

そして、ようやく最後の女の子の名前がわかった。

へえ、ユウトもそうだけれど、マホというのもあまり聞かない名前の響きだ。

確か、東方の島国ではそんな感じの名前があったような気がするけれど……。

もしそうなら、随分と遠くから旅に来ているんだなぁ。

ところで、君たちは冒険者なのかい？

僕がそう聞くと、ロングマンがとても誇らしそうに言ってくれた。

「おいおい、俺たちをそんな普通の奴らと一緒にしないでくれよ。俺たちはあの勇者パーティーなんだぜ！」

「ろ、ロングマン……」

ほほう、勇者とな……。

あまり詳しいわけではないけれど、勇者という言葉は知っている。

そうか。勇者は代替わりをしたのか。

本当、僕はいつまで生きているのだろうか……。

そんなことを考えていたものだから、ララディが勇者パーティーという言葉に身体をピクリと反応させていたことに気づかなかったのであった。

「……あなたたちの名前は？」

マホがじっと僕たち……というか僕を見てくる。

そうだね。自己紹介されたんだから、ちゃんと返さないと。

僕はちょっとブルーになっていた気持ちを奮《ふる》い立たせる。

「ララの名前はララディです。……あまり、名前は呼んでほしくないですが。そして、このお方はララのマスターです！　すっごくイケメンで、偉大で、素敵です！」

あれ、ララディ⁉

ララの自己紹介をそんなにあっさりと終わらせたのに、僕のことを褒め称えていたらおかしいでしょ⁉

それに、マスターとか言っちゃったらダメでしょ!?

僕たちが闇ギルドの人間だって隠すつもりだったのに、どうしよう……。

「ら、ララディさんはま、マスター？　さんのことがとってもお好きなんですね……？」

「はいです！……お前が分かったような口を利かないでほしいです」

あぁ……メアリーがフォローしてくれるけれど、とっても不思議そうな顔をしている……。

それに、マホの僕を見る目がさらに鋭くなっているし……。

これは、彼女に疑われたかな……？

「ええっと……マスターっていうのは……？」

ユウトが不思議そうに僕を見てくる。

ど、どうする……？

まさか、僕がギルドのマスターをしているとは言えないし……。

それを言ってしまうと、当然どこのギルドかと聞いてくるだろう。

う、うぅん……。

「へー、学者さんなんですか」

僕はユウトの言葉にコクリと頷く。

と、とりあえず、これでいいだろう。

ララディとは知識や技術を教える師弟《してい》関係だということにすれば、マスターと呼ばれることもまあおかしくない……はずだ。

この花畑では珍しい植物が取れるため、それを採取しに来た……ということにした。

「さて、自己紹介も終わりましたし、そろそろ出発しましょうか」

「あ、ちょっと待ってほしいです」

ユウトが言うと、ララディが制止する。

ん？　どうかしたのかな？

「ちょっと、お花摘《つ》みに行ってくるです」

あー……なるほど。いいよ。一人で大丈夫かな？

「大丈夫です。い、いずれ恥ずかしいところも見せ合う仲になるですが、さ、流石にまだマスターに音を聞かせるのは恥ずかしいです……」

ポッと頬を染めてもじもじとするララディ。

いずれ？

「おっ、ララディちゃん！　俺も付いて行ってやろうか⁉」

「はは。殺されてーですか、この蛆虫《うじむし》」

うぉぉぉぉぉっ⁉

下心丸出しの顔でセクハラ発言をするロングマンに、ララディがニッコリと素敵な笑顔で返す。

でも、言っていることが酷いぃっ‼

分かるよ、ララディ。腹が立つ気持ちは十分分かる。

けれど、ちょっとだけ我慢してくれると嬉しいなぁ！

ラデディの発言に、僕の常時発動型スマイルが少し引きつりそうだ。

「じゃあ、行ってくるです、マスター」

う、うん。言う必要はないかもだけれど、気を付けてね。

ラデディはロングマンの時とは打って変わって僕に笑顔を見せると、よちよちと歩いてここからじゃ見えない森の中に消えて行ったのであった。

「お、俺、今凄いことを言われた気がするんだけど……」

「気のせいじゃないですか？　それに、さっきはロングマンさんが悪いですよ。女の子に言うような言葉じゃないです」

ラデディの何かを感じてガクガクと震えているロングマン。

メアリーはそんな彼に嘆息《たんそく》しながら、言葉遣いに関して注意していた。

ふー……とりあえず、今のところ致命的なミスは犯していないね。

さっさと村まで一緒に行って、この勇者パーティーから離れないとね。

闇ギルドと勇者パーティーなんて、水と油みたいな関係だと思うし。

ラデディの思惑

「〈勇者パーティー、ですか……。まさか、こいつらとここで出会うなんて、思ってもいなかったです）」

ララディは森の中を不慣れそうによちよちと歩きながら、そんなことを考えていた。

種族的な問題があるから仕方ないかもしれないが、昔ほどではないとはいえ、やはり歩くということは非常に苦労する。

しかし、せっかくギルドメンバーたちを出し抜いてマスターと二人きりで外出できるという非常に貴重な機会に、監視対象である勇者パーティーと出くわすとは思わなかった。

マスターに世界をプレゼントするための、彼には決してばれてはいけないサプライズプレゼント計画。

それを実行するために、障害となるかもしれない者たちをそれぞれ監視しているのだが、ララディの担当が勇者パーティーであった。

「（ここは、人気のねー場所です。ここでなら、あいつらを皆殺しにすることだって可能です。そして、それをすることができれば、プレゼント計画が間違いなく前進するです！）」

にやぁっと可愛らしい顔を歪《ゆが》ませるララディ。

しかし、それを実行するには少し問題があった。

「このタイミングは、嫌です!!」

つい、ララディは思考をはっきりと口に出してしまった。

そう、今回はマスターと二人きりで外出という、この先あり得るのかさえわからないような貴重すぎる機会なのだ。

ならば、一生の思い出になるくらい、マスターとの時間を堪能《たんのう》したい。

「ララなら、そんなに時間をかけないであいつらを殺すことができるですけど……」

しかし、もし自分が殺害したとばれないように実行すれば、何者かが襲ってきているとマスターが勘違いして、暗殺に成功してもララディを連れてギルドに戻ってしまうかもしれない。

彼が自分のことをとても大切に想ってくれていることは知っている。

もしかしたら、そうなるかもしれない。

ならば、強硬策をとることはできなかった。

「ま、まあ、時間はあるです。今すぐ決める必要はねーです」

取り繕《つくろ》うように言うララディ。

彼女の表情は、幼い顔つきとは裏腹に冷たいものへと変貌していた。

「とにかく、今はゴミ掃除ですね」

ララディはそう言うと、森の中に消えていくのであった。

マホの疑念

「わっ！　ちょっと、マホ……？」

「いいから、こっち来て！」

ユウトの腕を掴んで、グイグイと引っ張るマホ。

ロングマンやメアリー、そしてマスターから十分な距離が取れたところで、ようやく彼の手を離す。

「ど、どうしたの？」

「どうしたじゃないでしょ⁉　何であの男の人と一緒に村に行かないといけないの⁉」

のんびりして問題を何も認識していなさそうなユウトに、怒りを爆発させるマホ。

もともと、気が長い方ではない彼女だが、この世界に強制的に連れてこられてから、さらに短くなった気がする。

「何でって……僕たちの不注意であの人たちに危険を招いちゃったんだよ？　だったら、その償いをするのは当然じゃないか」

「そ、それだったら謝るだけでいいじゃない？」

「それだけだと、ちょっと悪いと思うよ」

「うぅ……」

ユウトの声音に、少し咎《とが》めるようなものが含まれる。

マホだって、こんなことを言っているが、心根は優しい少女である。

マスターとラランディの元にオークを向かわせてしまったことに負い目を感じているし、謝罪として彼らを安全な村まで送り届けることは、何もおかしなことではない。

ただ……である。

「だって、あの人何だか怖いんだもの……」

「あの人って……マスターのことかい？」

ユウトの言葉に、コクリと頷くマホ。

彼はマスターの何が怖いのか、さっぱりわからなかった。

チラリと、少し離れたところに立っているマスターを見る。

マスターは非常に整った容姿だ。

きれいな金髪に青い目と、異世界人らしい容姿をしているが、今まで見てきた異世界人の中でも最もきれいに整っている。

身長も高く、細いが押せば倒れるような弱々しい印象は与えない。

そして、いつもニコニコと微笑んでおり、とても柔和《にゅうわ》な雰囲気だ。

「……本当にマスターが怖いの？」

改めて見てみるが、まったく怖い要素が見当たらない。

ユウトが半信半疑で聞き返すと、マホはまたもや頷く。

「だって……あんなにニコニコして、何考えているか分からないじゃない……。か、カッコいいとは思うけど……」

前者は不気味そうに、後者は少し恥ずかしそうに言うマホ。

最近、怒っていたり悲しんでいたりする表情しか見ていなかったユウトは、仲間の珍しい顔を嬉しく思いながらも言う。

「それは、マホの考えすぎじゃないかな？」

「で、でも！　あの人がオークに襲われているとき、私見たの！」

「見たって……何を？」

「マスターの手に、物凄い高密度の魔力が集まっていたの！　異世界に来て凄い魔法のスキルを持った私でも、絶対に扱えないような凄い魔力！」

その言葉には、ユウトも驚かされた。

彼らはこの世界に召喚された際、特別な能力――スキルが与えられていた。

ユウトは剣を扱う能力と、この世界でもほとんどない聖剣。

ロングマンは高い防御能力と、前衛としての才能。

マホは強力な魔法を扱う能力と、それを十全に使える知識。

このスキルのおかげで、彼らは短い期間で魔王軍の幹部を追い払うことができるほどの実力を手に入れたのだった。

そんな高いスキルを持つマホでも、扱えないと感じさせるほどの魔力を、あの優しそうなマスターが使おうとしていたというのだ。

「うーん……もしかしたら、マスターは貴族なのかもしれないね」

「貴族？」

「そう、メアリーが言っていたでしょ？　この世界では誰もが魔法を使えるけど、高度な魔法を使うことができるのは血統が続いている貴族が多いって」

魔法使いが何代も続いていくにつれて、初期能力はどんどんと高くなっていく。

もしかしたら、マスターは歴史の長い貴族の出身なのかもしれない。

「でも、学者って言っていたし……」

「家を継ぐのは、多分長男だよ。他の子供たちは、学者や教師になるんじゃないかな？」

「……そうなのかな？」

ユウトの推測も、マホを完全に納得させるものではなかったようだ。

しかし、ヒステリックに叫んでいた時よりは大分落ち着いたように見える。

「マスターやララディと一緒にいるのも、村に入るまでだよ。それまで、我慢してくれる？」

「……うん」

ユウトの言葉に、マホは不承不承《ふしょうぶしょう》といった様子で頷く。

そんな彼女の返答に満足したユウト。

「じゃあ、みんなの元に戻ろうか。ララディが戻ってきたら、すぐに出発しよう」

「わかったわ」

ユウトと、まだいまいち納得しきれていないマホは、マスターやロングマンたちがいる場所へと戻っていた。

発覚

「ま、マスターが攫《さら》われましたわー!!」

ギルド本部で絶叫するヴァンピールの姿があった。

彼女は任されていた依頼を成し遂げ、真っ先にマスターの執務室に向かった。褒めてもらうためである。

だが、いつもそこにいて、優しく笑みを浮かべて出迎えてくれるはずのマスターの姿は忽然と消えており、代わりに手紙が置かれていた。

あわわわわっと発狂寸前のヴァンピールの後ろから、ひょっこりと現れたメイド姿のシュヴァルトが、その手紙を開ける。

それは、マスターの字で書かれたものではなく、シュヴァルト目線からするともっと汚らしい字であった。

『マスターはいただいていくです。へへっ、羨《うらや》ましーですか、負け犬共。もう、ララたちはギルドに戻らないかもしれねーです。駆け落ちというやつですね。ふふふっ、ついにマスターがララのものになるです。負け犬共はマスターと比べものにならない別の男にでもケツを振ってろです』

書かれてあったことを熟読した後、シュヴァルトは手紙を破り捨てた。

「あー‼　何しているんですの⁉　もしかしたら、マスターの居場所を探せる手掛かりになっていたかもしれませんのに！」

「そんなものありませんでした」

あったのは、不快な自慢話だけである。

シュヴァルトの顔は、普段の無表情から一層冷たさに拍車《はくしゃ》がかかったものになっていた。

目の前にラディがいたら、襲い掛かっていたかもしれない。

「殺します」

「待て、馬鹿」

シュヴァルトの前に立ちふさがったのは、立派な二本の角が生えたリースであった。

シュヴァルトは絶対零度の目を向ける。

「何故ですか？　マスターを連れ去ったラディは、殺されてしかるべきでは？」

「そうですわ‼　あのロリ、地面に埋めてやりますわ！」

「あいつの種族的に、大したダメージにならないだろ、それ。……はあ、本当、マスターが絡むとお前らは冷静さを失うよな」

やれやれと首を横に振るリース。

なお、自分も最初に手紙を見て、ブチ切れて壁を殴ってヒビを入れたのは内緒である。

「もう、他の奴が追っているよ」

「……それは、確実に追いつけるのですか？」

「なに、心配するな。うちが誇るストーカーも投入しているから、すぐに見つかるさ」

「ああ、あの忍者ストーカーですわね。たまには役に立つんですのね」

三人の頭の中に浮かび上がるのは、異様なまでに露出度の少ない忍者である。

なるほど、あの女ならば、草の根を分けてでも探し出すだろう。

彼女に任せておけば、ララディが駆け落ちという名の拉致《らち》を成功させることはできないだろう。

しかし……。

「…………」

「あぁぁぁぁ……不安ですわ！　ソルグロス、ちゃんとするんですわよ。わたくしなら、うまくできるんですのに……」

露骨に不満そうな顔をするシュヴァルトと、あわあわと心配するヴァンピール。

そんな彼女たちを見て、リースは苦笑する。

「（まあ、帰ってきたら、一発くらいはお見舞いしてもいいよな）」

冷静そうに見えるリースであったが、その日は非常に冷たかった。

オークの黒幕

「ちっ！　失敗したか……っ！」

マスターやユウトたち勇者パーティーのいる花畑から、少し距離の離れた森の奥にその男はいた。

その容姿は小さな角や翼が生え、人間のものではない。

彼は、魔族であった。

しかし、それだけではない。

彼は、魔王軍四天王の一人、ドスという男であった。

「あの忌々しい勇者共めっ！　我ら魔族の邪魔をするとは……生かしておけんっ!!」

『グゥウ……』

苛立ちのあまり、近くにそびえる木々に向かって魔法を放つドス。

流石は魔王軍の幹部、巨木を一撃で倒してしまった。

その恐ろしい力を見て、目の前で跪《ひざまず》くオークは震える。

ドスは、一度勇者パーティーと戦いを繰り広げている。

その際、彼は不覚にも勇者たちに後れを取ってしまい、命からがら魔王軍へと逃げ帰ったのである。

そんな彼を待っていたのは、仲間たちからの嘲笑《ちょうしょう》と侮蔑《ぶじょく》であった。

とくに、真っ赤な髪を持つ半端者が大きく笑っていたのは腹立たしい。

それもそうだ。下等な人間……しかも、たったの四人にこっぴどくやられておめおめと逃げ帰る魔族があるだろうか？

おそらく、それが他の者だったらドス自身が嘲笑っていたはずだ。

「この汚名、必ず晴らさねばならん！　あの勇者共を殺せるなら、なんだってやってやる！」

怒りと憎しみで、ドスの心は支配されていた。

「やはり、魔物どもに任せていてはだめだ。俺直々に、あいつらを殺してやるっ!!」

まだ、勇者たちから受けた傷や魔力の消耗が完全に回復していないため、オークを使って勇者たちに攻撃を仕掛けたが、それも失敗した。

なら、自分でやるしかない。

そう結論付けたドスは、早速勇者たちのいる花畑に向かおうとする。

「ん？　貴様、まだここにいたのか。役立たずめっ！　死ね!!」

『ギャァァァァァッ!!』

ドスは怯えながら跪いていたオークに魔法を放つ。

その一撃で、生命力の強いオークがあっさりと死んでしまった。

魔王軍幹部の実力から考えると、至極当然の結果である。

オークに八つ当たりをして何とか怒りを抑え込んだドスは、どのような形で勇者を追い詰めようか考え始める。

「そういえば、勇者たちの他にも二人ほど人間がいたな」

ドスは魔法であの花畑の戦闘の状況も見ていたが、あの場には四人組の勇者パーティーの他にも二人がいた。

しかも、うまい具合に、一人はそれほど強くなさそうな優男、もう一人は戦うすべすら持たないような幼い少女であった。

「あいつらは勇者だ。他人が困っていたら、必ず助けるだろうなぁ」

ドスは魔族らしい、あくどい手を思いつく。

あの男か少女のどちらかを人質にすれば、こちらが一方的に攻撃を仕掛けられる。

無論、ドスのように仲間が人質にとられてもまったく気にしないような男であれば、人質諸共攻撃することができるが、勇者たちはそんなことはできないだろう。

ちなみに、『救世の軍勢《イエルクチラ》』のメンバーも他のギルドメンバーに対してはそんな感じである。

「ちょうどいい具合に、この森にあのガキが入ってきていたなぁ。よし、あいつを人質にとるか……」

ニヤリと笑うドス。

彼は、ララディがよちよちと歩いて森の中に入ってきていたことを知っていた。

翼を広げて、早速ララディの元に向かおうとすると……。

「いやいや、ララが来てやったですから、動かなくて大丈夫です」

「なに……？」

そんな彼を呼び止める可愛らしい声。

ドスは一体だれが話しかけているのかと警戒する。

「ぐぁっ⁉」

しかし、その警戒も空《むな》しくドスは大きな蔓に身体を薙《な》ぎ払われ、吹き飛ばされてしまう。

「な、何が……っ⁉」

突然攻撃を受けて、目を白黒させるドス。

そんな彼に答えを示すように、目の前の土がもっこりと盛り上がる。

そこから現れたのは、つぼみが閉じられたとても大きな花だった。

にょきっと全ての部分が顔を出すと、ゆっくりと花弁が開いていく。

「こんにちはです、おじさん」

開いた花弁の中にいたのは、ドスが今から攫いに行こうとしていたラランディだった。

マスターに見せる表情とは打って変わり、まったくの無表情で尻餅《しりもち》をつくドスを見下ろすラランディ。

「なっ……⁉　こんな短時間で、俺の場所を探り当てたのか⁉」

目を大きく見開いて驚愕するドス。

それもそのはず。広い森の中でドスがいる場所を探し当てるのは至難の技だ。

それなのに、オークをけしかけてからまだ十分と経っていない間にドスを探し当て、さらにすぐそばまで接近したのである。

魔王軍の四天王に気配を気取らせずに接近するなど、普通の人間にできるはずがない。

そのありえないことを、二つもやってのけたラランディが冷たくドスを見下ろしていた。

「さて、ララが何をしに来たか、分かるですよね？」

「……報復か？」

「そうです」

ドスは最も考え得る答えを出すと、満足そうにララディが頷く。

「お前も、勇者の一味か？」

「は？　バカも休み休み言えです、この蛆虫。ララが味方するのはマスターだけです」

どうやら、ララディの怒りの線に触れてしまったようだ。

魔王軍の幹部を蛆虫呼ばわりし、死んだ目で彼を見下ろす。

ちなみに、『救世の軍勢《イエルクチラ》』のメンバー同士は力を利用し合うだけに留まるので、胸を張って仲間とは言えない。

それでも、クセがあり我も強い彼女たちから考えると、打算込々でも協力しているのは奇跡的なことだ。

「ララは怒っているですよ。お前、花畑をボロボロにしてくれやがったですね。お花と強い関係のあるララは、とても不快ですよ」

「ふんっ。たかが花でそこまで怒られてもな。それに、俺だってオークが花畑に突っ込むなんて考えていなかったさ」

「うるせーです。部下の責任は上司が取るです」

もちろん、その責任は命で。

と続く言葉は、ララディは胸の奥に抑え込んだ。

別に言っちゃってもよかったが、他に言いたいことがもう少しあったのだ。

「まあ、花畑のことも怒っているですが、一番怒っているのは別にあるです」

「別？」

「そう」

ラララディはコクリと頷くと、一気に怒気を膨れ上がらせた。

「――――お前、マスターの近くにあの薄汚いオークを近寄らせたですね？　その不敬、お前の命で償うですよ」

「!?」

暴れん坊なオークを近寄らせて命の危機があったから怒ったというなら、まだ分かる。

オークをただ近づけただけで殺されるなんて、あまりにも酷い言いがかりだと思ったドスであった。

しかし、ラララディは真剣に思っているから、そう言ったのである。

「はっ、馬鹿めっ!!」

不思議なことにまず動いたのはドスの方だった。

ラララディと会話をしていたのは、魔力を溜めるための時間稼ぎである。

「くたばれっ!!」

溜められた高密度の魔力を内包する魔法を撃ち放つドス。

その威力は、以前ドスを打ち負かした勇者たちでも、くらうと一撃で倒れ伏してしまうほどのものだった。

魔法が何かに衝突し、爆風が吹き荒れる。

「ははは っ！　お前が何者かは分からんが、この攻撃を受けて無事ではいられまい？」

「──────うぇっ。煙が臭いです」

「⁉」

地面に倒れ伏すラランディの姿を予想していたドスは、ケホケホと軽い咳をする彼女を見て心底驚く。

ドスの攻撃は、まったく効いていなかった。

ララディの前には巨大な植物がにょきにょきと生えており、それで彼の魔法攻撃を防いだのだ。

その植物も、一切ダメージを受けている様子がない。

「次はララの番ですね」

そう言うと、ララディは手を前にかざす。

「ぐぁぁっ⁉」

それだけの行為で、またドスは吹き飛ばされる。

不思議なことに、ララディと向かい合っている正面ではなく、背後からの攻撃だった。

ララディと一緒にいたあの男かと振り向くと……。

「き、木が動いている……っ⁉」

ズルズルと重たげに根っこを地面から引き抜き、木が自立して動き出していた。

うねうねと枝を揺らし、ドスを威嚇《いかく》している。

「ふざけるなっ!　たかが木に、魔王軍の幹部が敗れるはずがあるかぁっ!!」

ドスは強烈な魔法を放ち、迫りくる木を吹き飛ばす。

その強力な一撃で、木は一気に破壊されてしまった。

「おぉっ。流石は魔王軍の幹部です」

「ふん」

ララはパチパチと手を合わせて拍手する。

ドスは自尊心が刺激されて気持ちがよかったが、大して怯《ひる》んでいないラディを見て首を傾げる。

自分の魔法が打ち破られて、こんなにのんきでいられるものだろうか?

「じゃあ、倍プッシュです」

「……は?」

ドスの目は、ララディの後ろでうねうねと気味悪く蠢《うごめ》く木が、数えるのも馬鹿らしくなるほど数多く存在しているのを捉えていた。

ゾッと背筋に冷たいものが走るドス。

「ここは森の中。ララにとって武器となるものが腐るほどあるです。お前はこの森の木々を全てなぎ倒すまで、終わらない戦いをするですよ」

ララディが容姿相応の可愛らしい笑顔を見せる。

そして、彼女が言い終わると同時に、後ろで控えていた木々たちが猛然とドスに向かって襲い掛かる。

「くそったれぇぇぇぇぇっ!!」

ドスは魔力を込めて、木々に打ち込んだのであった。

魔王軍幹部の末路

「あら、ララディじゃない」

「あ、クーリンです」

森の中に立っているララディの元に、同じギルドのメンバーであるクーリンがやって来た。

『救世の軍勢《イエルクチラ》』のメンバー同士は全員が互いに仲が悪いのだが、程度の差というものもある。

幸い、ララディとクーリンは悪いことは悪いが、致命的なまで……というわけではなかった。

このように、普通に会話をすることくらいはできる。

「何しに来たですか?」

「この馬鹿がマスターの近くに行くことを知ったから、殺してでも止めようと慌てて追いかけてきたのよ。まあ、あんたに先を越されちゃったわけだけど」

クーリンはチラリと地面に倒れ伏しているドスを見る。

その身体は血だらけで、身体中ボロボロだった。

近くに生えている木の枝には、ドスの血が大量に付着していた。

すでに、仕事を終えた木は元の場所に生えなおされていたのだった。

「どうしてこいつが来る場所を……っと。そういえば、今クーリンは魔王軍所属でしたね」

「まあね」

質問する前に自分で解決するララディ。

以前、定例会議でそりの合わないメンバーたちと話し合ったことを思い出していた。

そこで、クーリンが現在魔王軍に与しているという報告を受けていた。

もちろん、本気で『救世の軍勢《イエルクチラ》』を……マスターを裏切ったわけではない。

もしそうだったら、ララディはノリノリでクーリンを殺せるのだが、そもそもクーリン自身が裏切った自分を許さないだろう。

マスターが求めていない忠誠心は天元突破状態なのである。

「ねえ。こいつ、マスターに危害を加えていないわよね？」

「ないです。マスターがこんな雑魚に傷をつけられるなんてありえないです。そもそも、ララがいてそんなことになるはずがないです。……でも、オークを近寄らせたのは事実ですから、消したです」

「……ふーん」

クーリンはララの言葉を聞いて、ふっと目が死んだ。

自分がマスターに近づくために、どれだけの努力をしているのか分かっているのか？

それなのに、汚らしいオークを崇高《すうこう》なマスターに近づけるなんて、死すら生ぬるい大罪だ。

ということで、クーリンはドスに対して死してなお嫌がらせをすることにしたのであった。

「えい」

ドスの死体に手をかざして光を放つ。

光という言葉は、明るくて暖かいイメージを頭の中に浮かび上がらせるものだ。

しかし、クーリンの放った光は、とても暗くて冷たい感覚を伴うものだった。

その光を浴びたドスの死体が、劇的な変化を遂げる。

『オオオオオ……』

「うわっ」

ララディの能力によって動かされた木に殺されたはずのドスが、ゆっくりと起き上がり始めた。

だが、生き返ったというわけではなかった。

木々にズタズタにされた身体の傷はそのままだし、むしろ死体の腐敗が進んでいるように見て取れる。

ララディは、思い当たる言葉を口にする。

「グールですか……」

「そっ」

ふふんと自慢げに胸を張るクーリン。

ララディは重たげに揺れる彼女の乳房をできるだけ見ないように注意するも、やはり目に入ったので舌打ちをしてしまう。

ドスは、クーリンによってグールという魔物に強制的に生まれ変わったのだ。

「うわぁ……。なかなか、むごいことするですね」

「このまま、簡単に死なせると自分のした罪の重大さを理解できないでしょ？　マスターにオークなんて気持ち悪い魔物を近づかせた罰よ」

ララディすら軽く引くような行為を、平然とやって見せるクーリン。

自分がマスターに対して素直になれないことに対する八つ当たりじゃないかと思ったが、口にはしないララディ。

今のクーリンといい、他のギルドメンバーといい、手段を選ばない外道ばかりだとララディはため息を吐く。

マスターにオークを近づけたからと、木の枝でズタズタにして殺害している自分は棚に上げて。

「グールって……あのグールですよね？」

「それしかないわよ」

グールというのは、何かが要因で生物が死んだ後も生ける屍《しかばね》としてこの世界で活動し続ける魔物のことである。

グールになった生物の魂は、魔物として捕らわれてしまい昇天することができない。

ギルドや騎士団に討伐されるまで、魂は解放されないのだ。

倒されない限り、永遠に暗くて冷たい場所をさまよい続けるのである。

グールとなった者が弱ければ、すぐに倒されて魂は解放されるだろう。

しかし、今グールに変えられてしまったドスは、魔王軍四天王の一人でありそれ相応の力を持っていた。

そんな彼が、簡単に討伐されるはずがない。

ドスが本当に死ぬことになるのは、一体いつになるのだろうか？

「というか、クーリンもその魔法を使えたんですね。そういった魔法は、あいつの十八番だと思っていたです」

「ええ、あいつから教えてもらったのよ。まあ、あいつほど完璧じゃないけどね。あいつなら、わざわざグールに魂を閉じ込めておかなくても、魂を拘束するくらいは簡単にできるだろうし」

二人は『救世の軍勢《イエルクチラ》』のとあるメンバーの顔を思い浮かべる。

マスターに対する忠誠心……というよりも、依存心が非常に強いあのメンバーのことだ。

今回のことを知れば、ドスの魂を抜き出して擦《こす》り切れてなくなってしまうまで虐《いじ》め抜くだろう。

まあ、依存心で言えば、他のメンバーもどっこいどっこいなのだが。

「ふう……。じゃあ、ララはマスターとの『デート』に戻るですよ」

「――――は？」

監視させていた植物から、マホが何やら怪しんでいるという情報を知った彼女は、マスターを守るために一刻も早く戻りたかったのだ。

ただし余計なことに、ララディはクーリンを煽ってしまう。

他のメンバーから執着されているマスターを独り占めできていることは、それほど嬉しいことなのだ。

気の強いクーリンは、当然応戦する。

「デートなんて思っているのって、あんただけでしょ。マスターはあんたの歩行練習としか思ってないわよ」

「こういった些細《ささい》なことから、恋に発展するです」

「殺すわよ、ロリビッチ」

「こちらのセリフです、牛乳《うしちち》」

「…………」

「…………」

勇者パーティーとの旅

「ロングマン！」

「おうよ！」

ユウトの掛け声と、それに応じるロングマンの威勢のいい声が森の中に響き渡る。

ロングマンの巨大な盾に、ゴブリンの粗末な武器が当たって儚《はかな》い音を立てる。

「はぁぁっ!!」

『ギャァァアッ!!』

攻撃を防がれて硬直状態に陥《おちい》っているゴブリンを、ユウトが見事な剣筋で切り捨てる。

「アース・バレット!!」

マホがメアリーに襲い掛かろうとしていたゴブリンを、魔法の土で吹き飛ばす。

「ロングマンさん！　回復します！」

メアリーが傷ついた仲間たちを癒していく。

流石は、勇者パーティー。

連携がしっかりしていて、相手につけいる隙を与えない。

ゴブリン程度が相手なら、難なく乗り越えることができそうだ。

「ふわぁ……。退屈です……」

そして、僕とラディはそんな彼らに守られてぼけーっと突っ立っていた。

ラディは歩くことも面倒になったのか、僕にしがみついてのんきに欠伸《あくび》をしている。

いや、戦闘が間近で起きているんだから、緊張しようよ。

まあ、ラディくらいの力があれば、ゴブリン程度は警戒する必要すらないんだろうけれど。

それに、退屈だという気持ちは僕にも分かる。

別に、ゴブリンくらいなら守ってもらえなくても充分こちらでも対処できる。

そりゃあ、ドラゴンや悪魔といったとんでもなく強い魔物が相手なら是非とも守ってもらいたいけれど。

しかし、そういった意図を伝えようにも、僕はこの場では単なる学者で通している。

多少の護身術程度ならまだしも、バリバリ戦っているのを見たらおかしく思うだろう。

それに、マホがやけに僕を見て警戒する様子を見せているし、能力をチラチラと見せない方が良いだろう。

「あ、あいつ、危ないです」

なんてことを考えていると、ララディが抑揚《よくよう》のない声で呟く。

あいつ？

「きゃぁぁぁぁっ!?」

僕が誰のことだろうかと思っていたら、耳をつんざくような高い悲鳴が響き渡った。

それは、今にもゴブリンに襲われそうになっているマホの声だった。

一応、今はパーティーを組んでいるんだからもっと危機感を出してよ、ララディ！

そう思うけれど、僕の顔はニコニコと微笑んだまま。

……ごめん。常に笑顔を心掛けていたら、怒る時もこんな感じになっちゃったんだ。

娘に甘い父親みたいでごめん。

『ギェエエエッ!!』

とりあえず、僕は魔力弾を撃ち出してマホに襲い掛かろうとしていたゴブリンを吹き飛ばした
……つもりだったんだけれど……。

ボフっと音を立てて、ゴブリンは完全に消滅してしまった。

……力加減を間違えた。

スだろう。
最近は、基本的にギルドに籠って書類仕事。ちょっと、力を出しすぎちゃってもやむをえないミ
し、仕方ないじゃないか。戦闘なんて、本当に久しぶりなんだ。

「…………」

だから、そんな愕然とした目で僕を見ないで、マホ。
幸い、ユウトやロングマンはゴブリンの相手が忙しくて、僕の様子を見ていなかったようだ。
君が黙ってさえいてくれれば、僕たちは円満に別れることができるんだよ。

「面倒ですし、ここで全員ララがヤっちゃうですか？」

僕の顔を可愛らしく覗き込みながら怖いことを言うのはやめよう、ララディ。
ヤっちゃうって、殺っちゃうだよね？
勇者パーティーを皆殺しにしちゃったら、王国と戦争になるんだけれど。
それは、どうしようもなくなったときの最終手段にしよう。

「……ありがとう」

「おっ？」

おっ？
小さくお礼の言葉が聞こえて、僕もララディもびっくりする。
というか、ララディの言葉がチンピラみたいだ。

マホを見ると、すでに僕たちから視線を外してゴブリンに魔法を放っていた。

どうやら、さっきのことは黙っていてくれるようだ。

よかった。勇者パーティーの魔法使いが行方不明とかなったら、色々とマズイもんね。いやはや、よかったよかった。

クランクハイトの妨害

「すみません！　そっちにも行っちゃいました！」

マスターがそんなことを考えていると、ユウトからそう声をかけられた。

前を見ると、ユウトやロングマンが止めきれなかったゴブリンたちが、襲い掛かってくるではないか。

「ちっ！　仕方ねーですね。ここは、ララが一肌脱いでやるとするですか」

やれやれと首を鳴らす少女、ララディ。

見た目とは裏腹に、歴戦の猛者の仕草である。

「さぁ……て⁉」

魔力を高めてやる気満々だったララディが、素っ《す》頓狂《とんきょう》な声を出す。

そして、まるで酔ったかのようにフラフラとし出すではないか。

もちろん、ララディが酒を飲んでいた、なんてことはない。

外部からの精神魔法攻撃によって、彼女の精神が侵されてしまったのである。

「(こ、これは……クランクハイトの……!!)」

ララディの視界は、ぐにゃぁっと歪んでいた。

こんなこと、ゴブリンができるはずがない。

そして、共に行動している勇者パーティーにも、このようなことができる連中はいないことは把握済みだ。

ということは、一つしかない。

「(もう、あいつらに見つかっちまったですか!)」

あいつらというのは、当然『救世の軍勢《イエルクチラ》』メンバーのことである。

そして、今のこの干渉は、ギルドメンバーのクランクハイトがしていることだと確信した。

ちらりと視線をめぐらせれば……いた。

木の上に、陰鬱《いんうつ》とした雰囲気を醸し出す女クランクハイト。彼女の側にいるのは忍び姿のソルグロスだ。

おそらく、ソルグロスが自分たちを見つけ出し、クランクハイトが妨害してきているのだろう。

「(やりやがったですね!……というか、本当に躊躇《ちゅうちょ》しねーですね!)」

このまま本調子でなければ、ララディはゴブリンになぶり殺しにされる。

それを、仲間であるはずの同じギルドのメンバーが手助けしている。不思議である。

まあ、もし逆に他のメンバーがマスターを連れて行っていれば、ララディだって命を狙っていたのだから、お互い様である。

「くっ……！」

ララディは慌てて精神安定効果のある植物を召喚し、くんかくんかと嗅ぐ。

すると、クランクハイトの干渉魔法を打ち破ることに成功した。

……が、目の前にゴブリンが急接近していた。

近接戦闘の心得がそれほどないララディは、まさに絶体絶命……。

「マスター!!」

ギルドメンバーの危険な場面を、マスターが黙って見ているはずがない。

接近してきたゴブリンを、マスターが消し飛ばした。

キラキラとした目を向けてくるララディに微笑み返す。

「……へっ」

マスターに抱き着きながら、木の上にいる二人をあざ笑うララディ。

二人の殺意と敵意が増したが、それも気持ちいいものである。

こうして、ララディへの妨害は逆効果をもたらしたのであった。

マホの慟哭《どうこく》

「今日はここで一泊しよう。それで大丈夫ですか？　マスターさん、ララディ」

「何でララを呼び捨てですか？　お前」

ユウトの言葉にうなずいて、了承の意を伝える。

と同時に、ララディの毒を適当に誤魔化す。

お願い。あと少しでいいから、我慢して。

ふうっと笑顔のまま空を見上げれば、すっかり日が沈んで随分と暗くなっていた。

……まさか、ユウトたちの目指していた村がこんなにも遠かったとは。

ギルドの外で一泊を過ごす羽目になるなんて、思いもしなかった。

他のメンバーたちは心配していないかな？

僕はともかく、ララディのことは心配だろう。

何かしらの方法で、連絡を入れないとね。

「ふんふふーん♪」

「あら、ララディさんはご機嫌ですね」

「別に、そんなことないです。……ふふ、マスターの独り占め時間が延長ですっ」

メアリーに話しかけられて、否定するラディ。

嘘だ。

あまり見ることができないくらい、ニコニコと上機嫌である。

何だろう？　外でお泊りをするのがワクワクするお年頃なのだろうか？

まあ、それならわからなくもないけれど。

「さて、ご飯にしましょうか」

僕たちはユウトの言葉で、たき火を囲みながら食事をとった。

ユウトは僕とララディにも食糧を分けてくれると言ってくれたが、そこまで迷惑をかけるわけにはいかない。

それにロングマンは、ララディはともかく、僕に食事を分け与えるのは嫌なようで顔をしかめていたからね。

どうせ、明日中にはさよならする間柄なんだから、どう思われたっていいんだけれど。

だから、ララディ。人食い植物を召喚しようとしないで。

僕は、ララディが出してくれた美味しそうな木の実を食べて、お腹を満たした。

その木の実は、野生では今ほとんど生き残っていない希少品らしく、すごく美味しかった。

「こ、こんなことって……」

メアリーも心底驚いていたし、本当に珍しいのだろう。

そんなものを物凄い笑顔でくれるララディに感謝だ。

でも、確かに美味しかったけれども、ララディの蜜の方が美味しかったなぁ。

「はぅ……お求めなら、いつでも出すです……」

「おぉい！　二人ってどんな関係だよ!!」

ララディが頬を染めて目を潤《うる》ませ、くねくねと身体をひねりながら嬉しいことを言ってくれる。

それから、ララディは嬉しくなったのか、僕に甘えて『あーん』をし出したので、ユウトやメアリーからはほのぼのとした目で、ロングマンからは嫉妬のこもった目で見られることになったのであった。

……いや、ロングマンはダメだよ。

歳はともかく、見た目に差があり過ぎるよ、ララディと君では。

とにもかくにも、僕としては久しぶりの『救世の軍勢《イエルクチラ》』のメンバー以外の人との食事を楽しんだのであった。

「もう、眠たくなってきちゃいました……」

「じゃあ、交替で見張り役を立てて寝ようか」

メアリーが目を擦《こす》りながら言うと、ユウトが頷く。

そういうことならと、僕も見張り役のローテーションに組み込んでくれと伝えたのであった。

何も言わないと、組み込んでくれなさそうだったからね。

「え、でも……」

ユウトは逡巡《しゅんじゅん》する様子を見せる。

今まで守ってもらったんだから、これくらいはさせてほしいと伝える。

なに、見張りだけなら（学者ということになっている）僕でもできるさ。

「いいじゃねえか、ユウト。してくれるって言っているんだから、やってもらおうぜ」

ロングマンが援護射撃してくれる。君の図太さが、今はとても嬉しいよ。

ただ、ラディがどうしても彼のことを好かないようで、露骨に顔を歪めている。

「……じゃあ、お願いします。何かあったら、すぐに呼んでくださいね」

うん、任された。

申し訳なさそうに言ってくるユウトに、コクリと頷く。

うーん……ユウトたちが寝静まってから僕とラディは退散してもいいんだけれど、そんなことしたらロングマンやマホならともかく、ユウトはずっと僕たちのことを気に病んでしまいそうだしなぁ。

やっぱり、村まで同行した方が良いよね。

「ララも、お付き合いするです」

いや、ララディはユウトたちと一緒に寝ていても大丈夫だよ。

そう言ってくれるのは嬉しいけれど、慣れない歩行練習で疲れたんじゃないかな？

「後半はマスターにずっと引っ付いていたので、全然疲れてないです」

うーん……そこまで言ってくれるんだったら、一緒に見張りをしようか。

「はいです！」

ニッコリ笑顔で僕を見上げてくるララディィ。

こうして、僕はララディィと一緒に見張り役をすることになった。

「…………」

このとき、僕はじっと見てくるマホに気づくことはなかった。

「ララディィちゃん！　マスターと見張りなんてしないで、俺と一緒に寝ようぜ！」

「死ね」

ら、ララディィィィィィ!!

◆

「すー……すー……」

……やっぱり、疲れて寝ちゃったか。

僕は苦笑しながら、身体にしがみついて寝息を立てるララディィの頭を撫でた。

「ふへへ……」

いったい、どんな夢を見ているのだろうか？

よだれを垂らして、非常にだらしない顔をしている。

僕とララディィは、見張り役としてユウトたちが眠っている場所から少し離れたところで座り込んでいた。

ララディィは早々に眠っちゃったけれど、とくに何も起きる様子はないから寝かせておいてあげよう。

————なんて思っていると、ガサガサと近くの茂みが揺れる。

まあ、僕たちに危害を加えようとする魔物だったり山賊だったりではないことは分かっているので、慌てはしないけれど。

どうかしたかい、マホ?

「っ!?」

僕が話しかけると、さらに茂みの揺れる音が大きくなる。

静かになってからしばらくすると、茂みの中から観念したようにマホが現れた。

「……どうしてわかったの?」

何となくかなぁ。

適当にそう返すが、もちろん気配を悟ったのである。

そういった戦闘系の能力はメンバーに比べれば低いんだけれど、マホくらいの未熟な子の気配なら簡単に判別できる。

まあ、もっと彼女が成長したら、わからなくなるだろうなぁ。

それで、どうかしたかい?

「ちょっと、話がしたくって」

話?

僕が聞き返すと、マホはコクリと頷く。

ふーん……まあ、とにかくそんなところに立っていないで、近くに来たらいいよ。

小さいけれど、火も焚いているし。

「うん……」

マホはこちらにトテトテと近寄ってきて、僕と身体二つ分離れた場所に腰を下ろした。

……警戒されているけれど、逆に会って一日もたっていない僕に警戒しない方がおかしいよね。

「あ、ララディ、寝ているの？」

うん、やっぱり疲れていたんだね。

「ふーん。何か、この子、怖い雰囲気があったんだけど、寝ていると普通の子供みたいね」

マホはくすっと笑いながらララディの寝顔を覗き込む。

おぉ……やっぱり、マホは勘が鋭いようだ。

ロングマンみたいに、簡単に騙されてくれるような人だったら楽なんだけれど。

ララディは視線を感じたのか、くしゃっと顔を歪めて不機嫌そうにする。

寝相でマホを殺されたらたまらないので、ふわふわの髪を撫でてご機嫌取りをする。

すると、まただらしない顔に戻って穏やかな寝息を立てるのであった。

ふー……マホと話すだけでも命がけだな。

「その……まず、お礼するわ。ありがとう、私を助けてくれて」

マホはぺこりと頭を下げてくる。

いや、いいよ。もう、一度お礼もちゃんと受け取っているし、気にしないでほしい。

基本的に僕とララディは守られていたし、ゴブリン程度、何の問題にもならないのだから。

それにしても、律儀な子だ。

最初は無愛想で気の強そうな子だと思っていたけれど、礼儀とかはしっかりしているんだなぁ。

「それで、その……聞きたいことがあるの」

聞きたいこと？

「マスターって学者なんでしょ？　私の知らないこと、色々と知っていると思って……」

あ、あぁ……そういう設定だったね。

まあ、無駄に長生きはしているから、他の人たちよりは知識は豊富だと思うよ。

あまり、専門的なことを聞かれたら答えられないかもしれないけれど。

「その……異世界に行く方法って……あると思う……？」

……え？

僕は恐る恐るといった様子で聞いてきたマホに、驚きの目を向ける。

異世界？　まさか、マホの口からその言葉が飛び出してくるとは思ってもおらず、少々面喰ってしまった。

「あっ！　いいの。やっぱり、いいわ」

僕が答えるために口を開こうとすると、慌ててマホが手を振って止めた。

あれ？　いいの？　答えなくても。

もしかして、僕の驚いた顔を見たせいで、何も知らないと判断したのかな？

一応、知識としては持っているんだけれどなぁ。

「あのね、何で私がこんなことを聞いたのかっていうと、私、この世界の人間じゃないの」

ほへー。

「ふふ、驚いた？　まあ、私も驚いたわ。世界が二つもあるなんて、思いもよらなかった」

マホはおかしいと微笑み、遠い目をした。

……もしかして、この世界に来たくて来たわけじゃないの？

「そんなわけないでしょ!!」

僕の言葉を聞いた途端、マホはガバッと立ち上がって大声で怒鳴った。

うわぁっ！　ララディが起きてしまう！

僕は慌ててララディの耳に手を被せて、彼女が起きないようにした。

「うーん……」と顔をしかめながらも、目を覚ます気配はない。

……ふー。危なかった。マホの死体が出来上がるところだったよ……。

「あ、ごめんなさい……」

僕がしーっとジェスチャーで静かにすることを伝えると、すっと座りなおすマホ。

いや、僕もマズイことを聞いてしまったようだからね。お相子ということで。

「……私、こんな世界に来たいなんて思ったことないわ。いきなり、こんな危ない世界に連れてこられて、ちょっと魔法が使えるからって魔王軍と戦えなんて言うのよ？　ふざけているわ……！」

声を静めながらも、その中には果てしないほど大きな怒りが込められていた。

そりゃあ、そうか。

マホの話を聞く限り、拉致されたと思ったら、知らない人たちのために命を懸けて戦えなんて言われたんだよね。

それも、相手は強力無比な魔王軍。

マホが力を持っていたからよかったものの、何も力のない者が勇者パーティーに入れられたら三日と持たずに死んでしまうのではないだろうか?

僕だって、『救世の軍勢《イエルクチラ》』のメンバーを守るためなら喜んで命を差し出すが、知らない人たちのために命を懸けて戦えなんて言われたら承服しかねる。

「戦えっていうくせに、サポートはメアリーだけよ? そりゃあ、助かっているけど、一人だけしか助けをよこさないなんておかしいじゃない……っ!!」

マホの話を聞く限り、メアリーだけが僕たちと同じこの世界の住人で、マホやユウト、それにロングマンは異世界から来たということか。

へー。ユウトやマホならともかく、ロングマンはこっちの人間だとばかり思っていたよ。

それにしても、マホたちを呼び出した王国は酷いな。

本当に、魔王軍に勝つ気があるのだろうか……?

「他の奴らもおかしいわよ。ロングマンなんて、もうこの世界で生きていくことを決めているみたいだし、ユウトはお人よしすぎ。皆、元の世界に帰りたいって思わないの? 思っているのって、私だけなの……?」

ついに、マホがその大きな目からポロポロと涙を零してしまう。

うぅん……僕はどうすればいいのだろうか？

いつも、『救世の軍勢《イエルクチラ》』のメンバーが落ち込んだ時にすることをしてもいいのだろうか？

いつまでも、しくしくと近くで泣いているマホをそのままにしておくわけにもいかない。

「あっ……」

とはいえ、マホの気持ちがいまいち理解できない僕が、知ったように彼女に同調してはいけないだろう。

だから、僕はマホの頭を優しく撫でて、笑顔を浮かべることにした。

ごまかしである。

マホはぼーっと僕の顔を仰ぎ見て、目をパチクリとさせていた。

その……元気出してね。

「ぷっ……ふふ……」

しばらくそうしていると、マホが不意に頬を膨らませて笑い出した。

えぇ……。どこに笑う要素が……？

「お礼を言いに来たのに、愚痴《ぐち》になっちゃったわね。でも、聞いてくれてありがとう。もう、大丈夫よ」

マホは僕の手を掴んで、優しく頭から退けた。

そうか。元気になったなら、よかったよ。

……それにしても、いつまで僕の手を掴んでいるの？

「べ、別に深い意味はないわよ」

僕が聞くと、慌てて手を離すマホ。

僕の手に触れていた方の手を、片手で覆い隠して胸に抱いている。

「じゃ、じゃあ、私はもう寝るわ。見張り役も後少しだから、頑張ってね」

うん、おやすみ。

マホはそそくさと僕から離れて、ユウトたちが眠っている場所に戻っていくのであった。

ラディの想い

「ふー。やっと、行ったですか……」

モゾモゾと動いて、荒んだ目をするララディ。

はあ、とため息を一つ吐く。

せっかく、マスターと密着して心地いい眠りにつけていたのに、マホが騒いだせいで台無しだ。

あのとき、マスターの穏便に済ませようとする雰囲気を感じ取らなかったら、植物の養分にしていたところだ。

マスターと自分の絆の深さに感謝しろと、心の中でマホに言いつけるララディ。

「マスターのせいじゃないです。あの魔法使いが、ギャアギャアと喧《やかま》しかっただけです」

マスターが申し訳なさそうに自分を見て謝ってくるので、慌てて否定する。

マスターは何も悪くないのだ。

悪いのは、精神的に弱っていた面倒くさいマホである。

だが、マスターが自分のことを考えて謝ってくれたことが嬉しくて仕方ないララディは、マスターの身体に顔をグリグリと押し付けてマーキングする。

先ほどのマホが、何やら危ない雰囲気を醸し出していたためである。

戦闘力的にはまったく相手にならないが、マスターはマホを殺すことをなるべく避けたがっているため、こっそりと消すことはできない。

『救世の軍勢《イエルクチラ》』のメンバーほど鬱陶しくなく、面倒でもないが、これからどうなるかはわからない。

「それにしても、まさか勇者パーティーが異世界から来たなんて思いもよらなかったです。だから、急に現れたんですね」

ララディはもぞもぞと体勢を変えて、体育座りをする。

抱き着くのも凄く楽しいのだが、抱き着かれるのもまた格別なくらい気持ちがいいのだ。

マスターには後ろから抱きかかえるような形になってもらう。

鬱陶しく思っても仕方ないだろうに、優しいマスターはララディを優しく包み込んでくれるのであった。

その幸せをはふうっと噛《か》みしめながらも、ララディは先ほどマホの話を盗み聞きして知った衝撃の事実を呟く。

勇者たちがいったいどこから現れたのか、『救世の軍勢』の情報網をもってしても分からなかったのだが、異世界から来ていたのなら納得だ。

ありとあらゆる主だった勢力とパイプをつなげている『救世の軍勢《イエルクチラ》』だが、流石に異世界にまでパイプは届いていなかった。

「あれ？　マスターは知っていたですか？」

マスターが知っていたという風に言うので、ララディは目を丸くしてしまう。

もう一度聞くと、マスターがニコニコと微笑みながら「まあね」と頷く。

さらに、驚くことにマスターは先代の勇者のことも知っているらしい。

彼が言うには、先代の勇者も異世界から来ていたということだ。

「……先代の勇者がいたのって、確か魔族と人類の対立が激しかった百年ほど前のことですよね？」

ララディはアナトによるクソつまらない授業の内容を、何とか脳の奥底から引っ張り出してきた。

話からすると、マスターは少なくとも百年以上は生きているということになる。

彼は自分のことを人間だと主張するが、寿命がよくて八十年前後、悪ければ五十年以下の人間が百年も生きていられるだろうか。

それも、こんなにも若々しい姿で。

だが、ララディにとって……『救世の軍勢《イエルクチラ》』のメンバーにとって、マスターが人間であろうがなかろうがどうでもいいことだ。

マスターであれば、それでいいのだ。

「……今の顔、すっごくキュンキュンしたです！　マスターがいったい何歳なのかとか、疑問も吹き飛んじゃったです！」

マスターが昔を懐かしむような、はかない笑顔を浮かべるものだから、ララディは我慢できなくなってしまった。

ワッと抱き着き、はふはふと彼の匂いを嗅ぐ。

胸の奥どころか、女にとって最も重要な下腹部までキュンキュンしてしまったが、ここには男女《おとこおんな》マスターとララディしかいないのだ。何も問題あるまい。

「（はっ……！　これはララの腹案である『あの作戦』を実行するときですか⁉）」

ララディはくわっと目を見開きながら、長い間腹の中に隠してきた作戦を思い浮かべる。

それこそが、マスターとずっと二人きりでイチャイチャするための作戦。

『マスター拉致監禁作戦』、通称『R作戦』である。

Rには、ララディの頭文字と拉致を重ね合わせた意味が込められている。

作戦内容は至極簡単。マスターを捕まえて誰にもばれない場所で、二人でずっと退廃的な生活を送るというものである。

まず、マスターを捕まえるということだが、これは案外簡単だ。

マスターはとても優しくて慈悲《じひ》深いため、ララディが頼めばどこでも付いてきてくれるだろう。

問題は、誰にもばれない場所ということだ。

マスターがふっと姿を消したら、間違いなく『救世の軍勢《イエルクチラ》』のメンバーは血眼になって探すだろう。

しかも、ララディと一緒に消えたとなれば、マスター捜索とララディ暗殺部隊が組織されるに違いない。

ララディとしては他のメンバーと一対一で殺し合うくらいわけないが、一対八は分が悪い。

「（ふふん。でも、ララにはとっておきの場所があるです）」

ララディは勝ち誇った笑みを見せる。

他のメンバーが絶対にわからない場所がありさえすれば、戦闘を行う必要もないのだ。

そして、ララディにはその場所を生みだす手段があった。

それは、超巨大な花を召喚し、閉じられた花弁の中でマスターと生活をするというものだった。

さらに、その花を地中深くに潜らせればもう完璧。絶対にばれないだろう。

クーリンやソルグロスはそれでもマスターを見つけられそうだが、二人くらいならララディが始末してしまえばそれでいい。

こうして、完全なるマスターとララディの、文字通り二人だけの世界が完成するのである。

そして、いくら誘惑してもまったく乗ってこないマスターも、うら若き乙女と密着した空間に何日もいたら、その気になってくれることは間違いない。

ララディは中身が色々な意味でぶっ飛んでいることさえ除けば、容姿がとても整った可愛らしく美しい少女である。

権力者に側室として迎えられてもおかしくない彼女が、狭い空間で何日も誘惑を続ければ、必ずうまくいくはずだ。

「(んんん……っ！　ちょっと、ヤバいかも……です)」

そんな未来を想像してしまったものだから、ララディの身体は酷く興奮してしまった。

目はドロドロに溶けているし、その危ない目でマスターをじっと見上げる。

頬は自然と紅潮するし、息も荒くなる。

「(……今なら、できるんじゃないですか？)」

ララディの頭の中に、危険な選択肢が生まれる。

今なら、いかなる邪魔も入らないだろう。

なら、やはり今こそ『マスター拉致監禁【R】作戦』を実施する時だ。

「(ごめんなさいです、マスター。ちょっとだけ、我慢してほしいです。ら、ララのことは好きに……本当に色々と好きにしちゃっていいですから！)」

マスターに心の中で謝って、くわっと彼を見上げるララディ。

能力を発動して、巨大な花を召喚しようとしたその時だった。

「え……？」

マスターが、空がきれいだと呟いた。

ララディもつられて見ると、星々がきれいに輝いて夜の世界を見下ろしていた。

こういった光景を見るよりもマスターを見ていたいララディは、それほど大した感慨を抱くことはなかったのだが、マスターは違ったようだ。

夜空を見上げて、子供のような無邪気な笑顔を見せている。

「……はふぅ」

そんな彼を見て、ラランディは能力の使用を取りやめた。

『マスター拉致監禁【R】作戦』を発動すると、地中にもぐりこんでしまうためにどうしても空を見上げることはできなくなってしまう。

もし、それでマスターが悲しんでしまったら、ララディが死にたくなってしまうことは間違いない。

いくら、二人で閉じられた世界を構築したいと思っていても、それをマスターが望まなければ意味がないのだ。

二人でイチャイチャするために拉致監禁をしようと考えているのに、マスターがその気になってくれなければイチャイチャもくそもない。

「マスター、もっと近寄ってもいいですか？」

ララディはそう言うと、マスターはこれ以上どうするの？　といった目をする。

すでに、ララディは体育座りでマスターと密着しており、これ以上近寄ると言われてもマスターにはまったく見当がつかなかった。

とりあえずといった風の了承を得たララディは、ずずいとさらに寄り、小ぶりなお尻をマスターに押し付けるようにしてグリグリと姿勢を探る。

そして、ようやく納得できる体勢になったので、ララディはマスターにもたれかかりながら紋章の入った右頬を彼に押し付ける。

先ほどまで勇者パーティーがいたため隠していたが、本来ならこれを誇らしげに示したいのだ。

自分のいるギルドには、マスターがいるんだぞと強く主張したい。

だが、今はまだその時ではないとの判断が、マスターが蚊帳の外に追いやられている定例会議で決まっている。

今は我慢だ。

それに、『プレゼント計画』はそろそろ始動する。

もうすぐ、世界に『救世の軍勢《イエルクチラ》』とマスターの名が轟《とどろ》く日が来る。

その日まで、もう少しの辛抱だ。

「マスター。あの夜空も、ララも、いつか差し上げるですからね？」

ララディは艶やかな笑みを浮かべてマスターを見上げる。

今は、マスターと二人きりで過ごせるこの時間を楽しもう。

『マスター拉致監禁【R】作戦』のことは、『プレゼント』をしてから考えればいい。

そう思いながら、ララディは身体を全てマスターに預けるのであった。

「（でも……）」

マスターの苦笑した顔が上にあることを知らず、ララディは思案する。

プレゼント計画のためには、邪魔者を排除しなければならない。

彼女の目下の邪魔者といえるのが、マホたち勇者パーティーである。

計画のことを考えたら、彼らと行動をしている時に暗殺をしておいたほうが得策である。

しかし……。

「(な、何だかマスター、あいつらのことを良く思ってねーですか……!?)」

具体的に言うのであれば、何だかマスターに思わせぶりな態度を示すマホとか。

つい先ほどなど、慰《なぐさ》めるような真似もしていたではないか。羨ましい、自分にもしてほしい。

「(い、いや、今はそうじゃねーです。問題は、非常に暗殺がしづらくなったということです!)」

直接聞いたわけではないが、マスターもマホたちに悪い印象は持っていないだろう。

そんな彼らを、殺害してしまってもよいのか?

もし、下手なことをしてマスターに嫌われてしまったら……。

「ひぇっ……!」

ぶるるっと身体を震えさせるラディ。

想像するだけでも恐ろしい。死にたくなる。

それだけは、絶対に避けなければならない。

「(今は、見逃してやるしかねーですね)」

ラディは、そう判断した。

なに、計画に少しの遅れは出るかもしれないが、支障はない。

少し勇者パーティーと行動を共にして、彼らが格別大したことないことは分かっている。

あの程度なら、いつでも殺すことができる。

「（今は、監視を続けるです。でも、あいつらがマスターと別れてからは……）」

ラフディはそこまで考えて、くふふっとほくそ笑む。

マスターが怪訝《けげん》そうな顔をしていることには気づかない。

そうして、笑っているうちに彼女の意識は眠気で遠のくのであった。

リッターの殺意

「……今なら殺せる」

マスターとララディのいる頭上の木の枝の上に、二人の女がいた。

一人は簡素な騎士甲冑を身につけたリッターで、もう一人はやはりというべきかソルグロスである。

彼女たちの下では、ララディがのんきな顔をしながら眠っている。

まさに、絶好の暗殺機会。

同じギルドの仲間？　知らん。

「拙者の暗殺方法では、マスターにも当たってしまうかもしれんでござるからなぁ」

「でも、私ならいける」

むんっと拳を握るリッター。やる気満々である。

ギルドの仲間を殺害することに、何ら躊躇はない。

「まあ、確かにリッター殿ならいけるでござろうが……」

すでに抜刀してブンブン振り回しているリッターを見るソルグロス。

しかし、懸念があった。

「だが、マスターの目の前でやるでござるか？　ばれたら、下手をすれば嫌われるでござるよ」

びしりと固まるリッターの身体。

そう、以前のクランクハイトの精神干渉攻撃でラリディが少し危うくなったとき、マスターは颯《さっ》爽《そう》と助けた。

つまり、リッターが襲い掛かれば、マスターが立ちはだかる可能性があるということである。

マスターとの敵対の可能性が出てきて、リッターは……。

「じゃあ、止める」

さっさと剣を収めてしまった。

この切り替えの速さには、ソルグロスも目を丸くする。

「いいのでござるか？」

「正直、ララディは羨ましすぎて殺したいレベル。でも、マスターに嫌われるかもしれないことはやらない。また、別の機会にする」

常日頃から、隙あらばお互いを殺そうとぶつかり合っている『救世の軍勢《イエルクチラ》』メンバーたち。

今比較的連携がとれているのは、ララディという共通の敵がいるからである。

それがなければ、ソルグロスとリッターも頻繁にぶつかり合っている。

つまり、メンバー全員の思惑は大して変わらないということだ。

「じゃ」

ララディを殺さないのであれば、これ以上ギルドメンバーと一緒にいる理由はない。

他のメンバーと出来る限り同じ空気を吸いたくないのが、『救世の軍勢《イエルクチラ》』メンバーの総意であった。

リッターは、さっさとどこかに消えてしまうのであった。

「……うーむ、やはり、うちのギルドメンバーは自由すぎるでござるなぁ」

ソルグロスの呟きは、誰にも届くことはないのであった。

別れは遠く

「はふぅ……」

ララディの眠たげな吐息を聞いて、僕は思わず苦笑する。

彼女は昨日、随分遅くまで起きて僕に付き合ってくれた。

その代償が、今の眠たそうなララディだ。

そんな彼女に不慣れな歩行をさせるわけにもいかないので、僕が彼女を背負って歩いていた。

ララディは驚くほど軽いので、まったく苦にはならなかった。

道も村が近いためか、大分歩きやすいので脚も疲れない。

「んん～……マスターの匂いを嗅ぎたいという気持ちと寝たいという気持ち。どちらを取るべきでしょうか……」

あれ？　結構、余裕かな、ララディ。

それなら歩いてくれてもいいんだけれど……それを直接言えないのが、僕がギルドメンバーに甘いことを如実に語っている。

仕方ない。可愛い子は甘えても許されるのだ。

「……結構余裕なんじゃない、この子？」

マホがそんな風に話しかけてきて、僕は苦笑してしまう。

あの夜に彼女の本心をぶつけられてから、マホは僕との壁を少し薄くしてくれたようだった。

朝の挨拶も返してくれたし、食事をとる時も露骨に距離を取らなかった。

その変化にユウトやロングマンたちは驚いていたし、ララディなんて何故かスッと冷たくした目でマホを見ていた。

いや、せっかく仲良くしてくれようとしているんだから、威嚇したらダメでしょ。

まあ、ララディは色々と思うところがあるようだけれど、ギスギスとした空気にはなっていないので、穏やかな道中を楽しめていた。

「ふーん……。あんた、ララディに甘いのね」

僕が、ララディは疲れているからこのままおんぶすると伝えると、マホは目を細めて僕を見てきた。

な、何だか、時折『救世の軍勢《イエルクチラ》』のメンバー同士が放ちあうようなオーラが彼女から見えたぞ……？

「ふん、当然です。ララとマスターのつながりは、オリハルコンよりも固く、ダイヤモンドよりも煌《きら》めいているのです」

いったい、どんなつながりなんだ……？

思わず戦慄《せんりつ》を覚えてしまうほどのララディのドヤ顔付き説明に、僕は顔を引きつらせてしまう。

でも、慕ってくれていることは伝わってきた。嬉しい。

「今更ポッと出てきてマスターにすり寄ろうなんて、片腹痛いです。もう、あいつらだけでお腹いっぱいです」

「す、すり寄る……⁉　そ、そんなんじゃないし……っ！」

へっ、と荒んだ顔で吐き捨てるララディと、顔を赤くするマホ。

マホはチラチラと僕を見てくる。

うん？　確かに、マホはすり寄ってきていない。

すり寄ってきているのは、どちらかというとマホではなくララディである。

今も、微妙に身体を揺らしながら、すりすりと身体をこすり付けてきているし。

最初こそ不思議に思っていたけれど、それを長い間続けられたら疑問にも思わなくなった。

それに、何か聞いたらダメな気がするし……。

「あっ、見えてきた。村だ！」

僕にしがみついているララディと、それを見上げながら睨みつけるマホとの間に緊張が走り、僕の胃が痛み始めていたその時、ユウトの声が響き渡った。

ナイス、ユウト！　この悪い流れをよくぞ断ち切ってくれた！

ユウトの声につられて前を見ると、ちらほらと家が立ち並ぶ小さな村が見えてきた。

僕とララディの、勇者パーティーとの短い旅が終わりを告げようとしていた。

◆

ここまで、僕とララディを連れてきてくれてありがとう。

随分と楽に旅をすることができたよ。

「いえ！　もともと、僕たちがオークを逃がしちゃったことが悪いんですから！」

微笑みながら僕がお礼を言うと、ユウトはとんでもないと手を振ってくる。

いやー、本当に礼儀正しくて優しい子だね、ユウトは。

彼が勇者だということがよく分かるよ。

「俺としては、もっとララディちゃんと一緒に旅がしたかったんだけどなぁ。なんだったら、勇者パーティーに入ってくれてもいいんだぜ？」

「笑わせるなです」

ロングマンも相変わらずの様子でなによりだ。

僕のことを完全に度外視で、ララディにだけ話しかけている。

まあ、当の本人からは辛辣《しんらつ》すぎる対応を受けているけれど。

ララディは、ロングマンと離れることができてほっとしているようで、どこか表情も穏やかだ。

「巻き込んでしまって、すみませんでした」

ペコリと謝るのは、天使教のシスターであるメアリーだった。

この子も優しいね。

いつまでも、オークと僕たちを遭遇させたことを謝り続けている。

でも、今一瞬だけ目の色が変わったね。

……何か、あるのかな？

やっぱり、僕って宗教家は苦手なのかもしれない。

「…………」

そして、最後はこの前の夜で一気に親密さが増したマホである。

ジッと僕を見上げてくる。

今日まで、短い間だったけれど、お世話になったね。ありがとう。

「そんなこと……！　私の方が、色々助けられたわ……」

僕がお礼を伝えると、スッと表情を落とすマホ。

「ゴブリンから助けられたことも、思っていたことを受け止めてくれたことも……凄く、感謝しているの……」

いやいや、僕は大したことは何もしていないよ。

ゴブリン程度なら戦いともいえないほど一方的なものだったし、マホが言いたいことを僕にぶつけてくれただけじゃないか。

特に、後者は頼られて嬉しかったりした。

最近、『救世の軍勢《イエルクチラ》』の皆はあまり頼ってくれないからね。

「本当なら、マスターにも勇者パーティーに入ってほしいんだけど……」

「はぁ？　それならラディちゃんだろ、常識的に考えて」

マホの言葉に反論するロングマン。

君って本当……自重しないよね……。

しかし、マホにそこまで言ってもらえるのは嬉しいけれど、それは無理かなぁ。

僕、闇ギルドのマスターだし。

正義ってイメージのある勇者パーティーに、悪の親玉が入りこんでいたらまずいでしょ？

ユウトやマホのためにもならないから、受け入れるわけにはいかないなぁ。

「……わかっているわよ。マスターにも、やることがあるんでしょ」

やること……？

まあ、闇ギルドの運営かな。

書類仕事は、僕がいないと回らなくなるだろうし……。

それくらいでしか、自分の存在感が出せないとも言えるから悲しくなってくる。

「お別れね……」

寂しそうに言ってくるマホに、僕も少し感傷に浸《ひた》ってしまう。

なに、別に今生の別れというわけでもないんだし、いつか逢《あ》うことができるさ。

……それが、敵としてじゃなかったらいいんだけれど。

「……そうね。また、会いましょう」

僕の言葉に、コクリと頷くマホ。

その顔は、少し寂しげなほほ笑みだった。

……また、書類仕事をきっちりと終わらせてから、会いに行こう。

「ふへっ、ざまあです！　お前が勇者パーティーにいる以上、マスターはララのものです！」

ララディは何を言っているのかな？

とにもかくにも、ここで僕たちと勇者パーティーの旅はおしまいである。

最初は面倒なことになったと思っていたけれど、悪くない旅だった。

さて、そろそろ帰ろうか、ララディ。

ギルドの皆も心配しているだろうし。

「はっ！　そうです。このまま帰れば、もうマスターとのイチャイチャは終わっちゃうですね……。

儚《はかな》い夢でした……」

僕が帰還を促すと、一気にテンションが下がってしまう。

……イチャイチャって……。

僕はララディに苦笑しながら、最後に勇者パーティーの皆を見る。

一人一人の顔を見ていき、最後はマホを見た。

彼女は、放っておくと消えてしまいそうな笑顔を浮かべて、こちらに手を振っていた。

……じゃあね。

僕とララディが勇者パーティーと別れようとした、その時だった。

「あ、あの……皆さまは勇者御一行様でしょうか……？」

僕たちに話しかけてくる一人の男がいた。

ボロボロの衣服を着ているが、恰幅の良いおじさんだ。

「そうですけど……あなたは？」

「俺は、この村の長です」

ユウトが怪訝そうに聞くと、おじさんが答える。

その後すぐに、おじさんがガバッと勢いよく頭を下げた。

「お願いします、勇者様！　俺たちを救ってください!!」

何やら不穏そうな言葉を吐くおじさん。

……これは、マホたちと別れるのは少し後回しになっちゃうのかな？

「ナイスです、おじさん！　ララとマスターのデートを長引かせてくれて！」

あ、これデートだったんだ。

まあ、ラディは一気に上機嫌になったのでいいだろう。

おじさんの説明によると、この村の近くに強力な魔物が住み着いたらしい。

そのおかげで、村同士の交流が絶たれてしまった。

王都から離れたこの村は、近くの村々と助け合って生きてきたのだけれど、その交流が絶たれてしまったので、干上がりそうだとのこと。

腕に自信のある者たちが魔物を討伐せんと次々に向かって行ったそうだけれど、皆帰って来なかったらしい。

……うーん、それってなんていう魔物なんだろう?

あまり強力だと、僕じゃあ手助けできないかもしれないけれど。

「助けたいのはやまやまなんですけど……」

ユウトはおじさんにそう言って、チラリと僕とララディを見る。

なるほど、優しい彼は僕たちを巻きこめないと思っているのか。

……そうだねぇ。今回は、あまり首を突っ込まないほうがいいかもしれないね。

「そんな……っ！　お願いします！」

『お願いします!!』

おじさんが頭を下げると、いつの間にか集まっていた村の人たちも一緒に頭を下げた。

いやー……別に僕とララディは勇者パーティーというわけじゃないからね？

それにしても……と村人たちの顔を見て回る。

不思議なことに、男女の比率が圧倒的に男に傾いている。

女もいるにはいるのだけれど、その数がやけに少ない。

……僕たちを警戒して、ここに来ていないとか？

でも、僕たちを知らないならまだしも、ユウトたちのことは勇者パーティーってすぐに見抜いていたし……。

……怪しいな。

「マスター。ここは、薄汚いカス共《村人たち》の願いを聞いてあげるです。ララなら、大丈夫です」

僕がうんうんと悩んでいると、ララディが僕の袖を引っ張ってそう言った。

そうかい？　まあ、僕よりも強いであろう彼女が大丈夫だというのであれば、大丈夫なんだろうけれど。

「ユウトも、今はララディちゃんの好意に甘えておこうぜ」

「ロングマン……でも……」

「そうですよ、ユウトさん。ララディさんは分かりませんが、マスターさんは魔物と戦う力を持っています。手助けしてもらった方がいいです」

ロングマンとメアリーが、僕たちのことを考えて渋るユウトを説得する。

僕よりもララディの方が全然強いと思うけれど、ここは何も言わないでおこう。

実戦から随分離れていた僕と、バリバリ前線勤務中のララディ。経験は比べるまでもないだろう。

それに、戦闘の才能も彼女の方があるだろうしね。

……だけど、不思議だなぁ。

僕の目には、ロングマンとメアリーが僕たちを連れて行こうと、不自然なまでに躍起になっている気がする。

……マスターとなってギルドの皆を守るために、送られてくる依頼書を疑いの目をもって厳選しているのだけれど、その疑いの強さがこんなところにまで影響を及ぼしているのかな？

「じゃあ……すみません。もう少しだけ、お付き合いしてください。魔物と戦うのも、僕たちだけで終わらせるようにするので」

いやいや、いいよ。

僕は本当に優しいユウトに手を振る。

この子、優しいのはいいけれど、少々度が過ぎているような気がしないでもない。

いつか、その優しさで痛い目を見なければいいんだけれど。

「さあ、行くですよ、マスター！」

グイグイと腕を引っ張るラディ。

君って、そんなに他人に無償奉仕をするような子だったっけ？

視線を感じてついっと目を向けると、そこには少し嬉しそうに微笑むマホの姿が。

……って、ちょっと待ちなさい、ラディ。

まずは、魔物の情報を聞いておかないと。

「えー……。ララなら、絶対に大丈夫ですけど……」

「そうですね。村長さん、知っていることがあれば、教えてください」

ララディは僕の提案に不満そうだったけれど、ユウトが賛同してくれた。

いや、ララディはもちろん、僕もおそらくは大丈夫だろうとは思うけれど、勇者パーティーの面々は違うでしょ？

マホの話を聞く限り、この世界にやって来たのはそんなに昔じゃないみたいだし。

いくら才能を持っていても、強力な魔物と戦えばあっさりと殺されちゃう。

「その……俺たちもあまりわからないんです」

「分からねえのか？　村が困っているって言うくらいなんだから、何か知ってんだろ？」

「それが……魔物と出会った者は皆殺されてしまいましたから……」

ロングマンの質問に、汗を垂らしながら答える村長。

ふーん……そう言えば、腕自慢も敵わなかったとか言っていたよね。

この村には王国騎士どころかギルドもないため、高い戦闘能力を持つ戦士はいないんだろうけれど、それでも男がこんなにいても魔物に勝てなかったのか。

……これは、なかなか厄介な魔物なのかもしれないね。

「ただ、遠くから見た者が言うには、人よりも大きな魔物だったということです」

「大きな……」

……どれくらいの大きさなんだろう？

ゴーレムが相手だったりすると、流石に面倒なんだけれど。

「仕方ねえな。こんなに情報が少なくても行くんだろ？　勇者様」

「……もちろん。困っている人を見過ごすわけにはいかないよ」

「それでこそ、勇者です！」

ロングマンがため息を吐きながら言うと、決意を固めた顔を見せるユウト。

メアリーはそんな彼を見て、褒め称える。

うん、確かに立派な志だ。

きっと、こういう子が世界に大きな変革をもたらすんだろうなぁ。

僕は、『救世の軍勢《イエルクチラ》』とそこに所属するメンバーを守るだけで精いっぱいだ。

そんなことを思っていると、唯一勇者パーティーでありながらその輪に入っていなかったマホが近づいてくる。

「…………」

その顔は、喜びと不安がまじりあった微妙な表情を浮かべていた。

む、難しい感情だね……。

喜びの理由はいまいちわからないけれど、不安な理由は分かる。

騎士やギルドの構成員のように戦闘のプロではないけれど、力自慢だという村人たちを皆殺しにした魔物が怖いのだろう。

とくに、この前の夜、僕はマホから気持ちをぶつけられていた。

この世界に強制的に連れてこられて、命を懸けて戦わなければならない苦痛と恐怖。

……大丈夫かい？

だから、僕は思わずマホにそう声をかけていた。

「……ええ、大丈夫よ。ちょっと不安だけど、もし困ったらマスターが助けてくれるでしょ？」

悪戯な笑みを浮かべて僕を見上げてくるマホ。

……ふふ、言うようになったじゃないか。

僕もニコリと笑って彼女を見下ろすと、引っ付いていたラディがギュッと力を込めてくる。

「ふんっ。マスターはララを助けてくれるです。お前に構っている暇はないのです」

「……やっと分かってきたわ。ラディって私のこと嫌いでしょ？」

「マスターに近づく羽虫は皆嫌いです」

あ、あれー？　さっきまでの和《なご》やかな雰囲気はどこ行ったー？

何だか凄くぎすぎすしてきたぞー？

ラディがこれだけ尖っているのは、もしかしてマホの性格がクーリンに少しだけ似ているところがあるからかな？

まあ、本当に少しだけで、彼女を昔から知っている僕は、多くの違いがあることに気づいているけれど。

たとえば、感情の浮き沈みや気性の荒さは間違いなくクーリンの方が上だ。

マホは今、少々精神的に不安定なだけで、本当は冷静な判断ができる賢い子だ。

……いや、クーリンが馬鹿って言っているわけじゃないんだよ？

ただ、感情表現が直球過ぎることがあると言っているだけだ。

「マスターさんにラディ。そろそろ出発したいんだけど、大丈夫ですか？」

そう言って話しかけてきたユウト。

うん、大丈夫だよ。

さて、あまり乗り気ではないけれど、勇者パーティーのお仕事にお付き合いするとしようか。

魔物の正体

村の人たちに頼まれて魔物を討伐することになった勇者パーティー。

そして、それに引っ付いている僕とララディ。

本当なら、村まで同行という話だったんだから付き合う必要はないのだけれど、まあ魔物討伐くらいならお返しとしてお手伝いしたい。

それでも、ララディが嫌がれば断らせてもらうつもりだったけれど、嫌がるどころか嬉しそうだから付いてきたというわけだ。

そんな勇者パーティーと闇ギルドの混成チームは、魔物が出るという村の近くの森の中を歩いていた。

村の人たちを困らせる魔物はこの森に住みついており、近くの道を人が通ると森から現れて襲い掛かってくるらしい。

「すみません。オークに続いて、また巻き込んでしまって……」

いや、大丈夫だよ……多分。

確かに、どのような魔物かわからないというのは、少し懸念要素だけれど。

まあ、僕はともかくラディがいれば万が一のこともないさ。

これは、勇者パーティーであるユウトたちは知らないことだけどね。

僕は申し訳なさそうに謝るユウトに、笑顔を向ける。

ほらー、怒っていないよー？

「ふんふふーん♪」

僕にしがみついているラディはとてもご機嫌な様子だ。

耳元で、楽しげで可愛らしい鼻歌が聞こえてくる。

ラディがイライラしていたらあれだったけれど、こんなに機嫌が良さそうだから僕から言うことは何もないよ。

「別れるの、延びちゃったわね」

僕の隣で歩いているマホが、見上げながらそう言ってくる。

その声が少し弾んでいるのは、僕の気のせいだろうか？

僕も頷いて笑顔を浮かべていると、何故かラディが過剰なまでに反応する。

「はんっ！　お前とマスターが別れるのは確定事項です。後少し、マスターと一緒に過ごせるという幸運を、せいぜい楽しむがいいです」

「ええ、そうするわ」

僕にしがみついているため、小さな身体のララディはマホを見下ろすことができる。

彼女は視線だけでなく声音でもマホを見下しながら、攻撃的に言ってのける。

ララディ、やけにマホに対して棘《とげ》があるけれど、何かあったの？

深く考えると、また僕の胃が痛くなりそうなので、別のことを考える。

それにしても、勇者パーティーと闇ギルドの混成パーティーかぁ……夢の協力だね。向こうに知られていたら、絶対にできないチームだけれど。

何も知らない村人たちや、僕たちを目の仇にしている王国が見たら驚くだろうなぁ。

まさか、勇者と一緒に行動しているのが、懸賞金がかけられて討伐隊が送られてくることもある闇ギルドだったなんて。

下手をしたら、村の人たちが王国にとっ捕まっちゃうことだって有り得る。

……僕たちの素性を誰かに言うつもりはもとよりなかったけれど、余計そういった気持ちがなくなった。

「マホぉ……。まだ、索敵魔法に引っ掛からねえのかよぉ……」

「まだよ。魔物の反応はないし、もっと歩くことになりそうね」

「マジかよぉ……」

けだるそうに聞いてくるロングマンに、マホはピシャリと返事をする。

ロングマンは前衛で、しかもユウトと違って攻撃を受けるタンク役である。

敵の攻撃を速さで翻弄して避けるのではなく、強固な防御で攻撃を受け止めることが彼の仕事だ。

そうして、敵が怯んだ隙にユウトが攻撃を加えるというのが彼らの戦術なのだけれど、そのため、ロングマンの装備はどうしても重装備となってしまい、舗装されていない森を歩くには向いていない。

このチームの中で、一番疲労が激しそうなのがロングマンである。

ララディも歩くことが苦手なので、あまり体力がなさそうだけれど、僕にしがみついているから何の問題もない。

一方、ユウトは前衛ながら動きやすさを重視した軽い装備なので、ロングマンよりも断然動きやすそうだ。

「はぁ、はぁ……。どこにいるんだよ、その魔物って。しんどいし、もう帰りてぇ……」

ロングマンが面倒くさそうに言った、その時だった。

「――――ッ!? ロングマン、避けて!!」

「あん？」

マホが声を張り上げてロングマンの名を呼んだ。

彼は疲れている上に怒鳴られて、煩《わずら》わしそうに彼女を見た。

「……気づくの、遅いですね」

僕の耳元で、ララディが呆れたような色を込めながらも、のんびりとした口調でそう呟いた。

その直後、ドッドッドッドッと重たげな腹の奥底まで響いてくるような音と共に、軽い地響きが起こる。

「ゴアアアアアアアアアアアアアアッッ!!」

そうして、耳が張り裂けてしまいそうな雄叫びと共に、その魔物は木々をなぎ倒しながら姿を現した。

その魔物は持っていた無骨なこん棒を、近くにいたロングマン目がけて猛烈な勢いで薙ぎ払った。

「うおおおおおああああああっ!?」

そこらの人間なら何も反応できないであっさりと殺されていたであろう攻撃。

だが、ロングマンも女の子にだらしないことはさておき、流石は勇者パーティーでタンク役を務める男。

攻撃は不意打ちであったが、何とか巨大な剣を持ち上げ、猛然と迫りくるこん棒に当てて直撃を回避する。

だが、力自慢のロングマンでも、その攻撃の威力を完全に受け止めることはできなかった。

勢いのまま、森の奥へと吹き飛ばされてしまった。

「やったですか!?」

ララディ、ロングマンは味方だから。

それに、そんなことを言ったら間違いなく無事だよ。僕の経験則上はね。

ロングマンは吹き飛ばされはしたが、ダメージこそ負っていても致命傷まではいかないだろう。ちゃんと攻撃は防いでいたし、衝撃は吹き飛ばされたことでうまく分散したはずだ。

僕はロングマンを心配するよりも、悠然と立っている魔物を見る。

「そ、そんな……。まさか、この魔物がこんな場所にいるなんて……」

異世界から召喚された者で構成されている勇者パーティーの、唯一この世界の人間であるメアリーが、目を見開いて絶望を露わにする。

あー、確かに。こんなところで見るような魔物ではないよね。

僕も久しぶりに見たよ。まあ、引きこもっているから野生のゴブリンやオークを見るのも久しぶりだったわけだけど。

その魔物は、ほんの少しオークと姿が似ていた。

だが、じっくりと観察すると、やはり見た目も強さもオークとは別次元であることがハッキリと分かる。

真っ赤な皮膚は、同じ赤でも燃えるように暖かいクーリンの髪と違って、鈍い色を放って毒々しい。

ぬぼっとした顔つきをしたオークと違って、鬼のように鋭い顔をしている。

目は血走っているし、牙はオークよりも尖っていて非常に危なっかしい。

肥満体系なオークと対照的に、筋骨は隆々としており、がっちりとしたロングマンをあっさりと吹き飛ばしたことからも、その力の強さが分かる。

「ゴアアアアアアアアアアアッッ!!」

再び、魔物が猛々《たけだけ》しい雄叫びを上げる。

この魔物の名は、オーガ。

数多く存在する魔物の中でも相当強力だとされる魔物が、僕たちの前に現れたのであった。

聖剣の一撃

突如として現れ、ロングマンを吹き飛ばしたオーガを見て、勇者パーティーの面々は硬直してしまった。

見るからに強そうだし、魔物を見慣れていないはずのマホとユウトは、驚愕と恐怖に身をすくめてしまっても不思議ではない。

しかし、この世界で生まれ育ってきた人間であるはずのメアリーもまた、身体を固まらせてしまっていた。

彼女の場合は、ユウトやマホと違って、知っているからこそ怖いのだ。

この世界にいれば、オーガの強力さや残忍さはよく耳に入ってくる。

「ゴアアアアアアアアアアッッ!!」

そして、オーガはそんな隙だらけの獲物を見逃すほど優しくはない。

目を見開いているメアリー目がけて大地を踏み鳴らしながら走りだし、大雑把な作りのこん棒を振り下ろしたのであった。

「あ……」

メアリーは動くことさえできなかった。

もともと、彼女は戦闘に特化しているわけではない。

ユウトのように、近距離から繰り出される敵の攻撃を避けたりなど、できるはずもなかった。

「はふぅ……」

ララディはマスターにしがみつきながら、そんな光景をどうでも良さそうに見ていた。

オーガがマスターに襲い掛かっていたらズタズタに引き裂いていたが、他の者なら別にどうなってもいい。

一時パーティーを組んだのに非情だと思われるかもしれないが、そもそも勇者パーティよりも付き合いが段違いに長い『救世の軍勢《イエルクチラ》』のメンバーが相手でさえ、常日頃から殺害計画を綿密に立てているのだから、何もおかしくない。

マスターと自分以外は、大した興味対象にならないのである。

しかし、そんな彼女であるが、ふっと身体を動かす人間を視界にとらえた。

「おおおおおおおおおおおおっ!!」

恐怖で身を動かせなくなっても仕方がない状況で、オーガとメアリーの間に割り込んだのはユウトであった。

強靭な力で振り下ろされたこん棒を、剣を巧く使って受け流す。

ロングマンのように、馬鹿正直に正面から受けていたら、剣を折られて、そのまま叩き潰されていたか、遠くへ吹き飛ばされていただろう。

まだ未熟ではあるが、勇者としての力を見せていた。

「（ふー……やっぱり、勇者は成長スピードが半端ないですね。大したことがなかったら、監視から外れることができるんですけど。そして、その余った時間はマスターとの……っ！）」

ラディがギュっとマスターに抱き着きながら頬を染めている間にも、状況は動いていく。

ユウトに受け流されたオーガのこん棒は、獲物ではなく地面に激しく衝突し、盛大に砂煙を上げた。

「メアリー！　ロングマンのところに行って、回復させてきてくれ！」

「わ、わかりました！　助けてくれて、ありがとうございました！　気を付けてくださいね！」

メアリーはユウトの指示を受けて、最初にオーガの攻撃を受けて戦線離脱しているロングマンが吹き飛ばされた場所へと向かう。

こうして、あっという間に勇者パーティーは半分の人員が戦闘から離脱したのであった。

ラディはそんな彼らを見て、『救世の軍勢《イエルクチラ》』とマスターの脅威《きょうい》にはなりえないと判断する。

『勇者担当』は彼女だが、今の実力のままなら、わざわざ担当を置く必要も感じられない。

しかし、勇者たちの真骨頂は、その成長スピードの異常なまでの速さである。

ふと目を離した隙に一気に成長している可能性もあるので、どうしても担当から外れることは出来なさそうだ。

「マスターさん！　すみませんが、手助けをお願いします！」

「はぁっ⁉」

ユウトの援護要請に、ラディはふざけるなといった気持ちになる。

マスターを使おうだなんて、不敬にも程があるだろう。

そう怒鳴りつけてやろうとしていたのだが、当のマスターがあっさりと了承してしまう。

思ってもみなかった結果に、ララディは数瞬固まる。

「（ま、マスターはお優しいですからね）」

マスターにしがみつきながら、うんうんと頷くララディ。

自分がマスターと違った判断をしていたことは、これで有耶無耶にしようという魂胆だった。

口にしていないのだから別にいいのではないかとも思うが、心の中でもマスターと違った考えをしていたことは認めたくない。

砂煙がふわっと風で流され、オーガの姿が再び露わになる。

「アース・バレット‼」

それと同時に、マホの魔法がオーガ目がけて突き進む。

当たれば間違いなく大きなダメージを与える土の塊は、オーガの振るったこん棒によって全弾打ち落とされてしまった。

「嘘……」

信じられないといった様子のマホ。

戦闘経験が少ない異世界から来た少女は、明らかに今までの魔物とは違うオーガの強さに愕然とする。

それを見逃さないオーガは、メアリーのときと同じようにマホに襲い掛かる。

「(よっしゃあ！　やっちまえです！)」

マスター以外はどうでもいいラディ。

しかも、狙われているのが最近マスターを見る目が変わってきた新たな敵《マホ》となると、なおさらどうでもよくなる。

というより、むしろ死んでほしい。

「!?」

だが、それを自分がしがみついている愛おしいマスターが防いでしまう。

濃密な魔力が練りこまれた弾を、オーガに放つ。

最初はマホの魔法の時のように打ち落とそうとしていたオーガであったが、その異常なまでに込められた魔力を見て、ゾッと背筋を凍らせる。

即座に先ほどまでの考えを捨て、凄まじい脚力で大ジャンプする。

マスターの放った魔力弾はオーガに当たることなく、木々を粉々にしながら消えて行った。

「…………」

オーガはズシンと地響きを響き渡らせながら着地し、ニコニコと笑っているマスターをギロリと睨みつける。

オーガはこのパーティーの中で最も危険なのはマスターだと判断したのだ。

だが、その判断はすぐに変わる。

マスターを睨みつけてしまったことで、彼に引っ付いているラディが過剰なまでに反応し、オーガを、殺気を込めて睨みつけたのだ。

マスターを睨みつけるなんて、肉片に変えてやる……。

オーガの未来が決まった瞬間だった。

「た、助かったわ。ありがとう」

マホはほっと一息ついて、マスターを見る。

彼は相変わらず優しげに微笑んで、彼女を見返した。

戦闘中だというのに胸がドキドキと高鳴り始めたので、慌ててオーガに視線を戻す。

そんな彼女を、煩わしそうに見つめるのがラディであった。

「行くぞっ!!」

ユウトの声を皮切りに、再び戦闘が始まる。

彼は身を低くしながら走りだし、横に回り込んで斬りかかる。

オーガも素早く反応し、向かってくる獲物を叩き潰そうとこん棒を振るう。

「おぉっ!!」

ユウトはその攻撃をするりと身体をひねって避け、オーガの身体を斬りつけた。

「か、硬……っ⁉」

だが、ユウトの攻撃はオーガの薄皮を斬った程度のダメージしか与えられなかった。

オーガの皮膚はもともと非常に硬く、半端な攻撃などあっさりと弾き返してしまう。

平和な異世界から来たユウトが薄皮であろうと斬ることができたのは、強力な聖剣を使っているからに過ぎない。

本来であれば、逆にユウトの手や剣にダメージがいっていただろう。

「ゴアアアアッ‼」

「うぐぁっ‼」

オーガは斬りつけられた怒りからか、さらにスピードが上がった。

鼻息荒くこん棒を振るい、ユウトを吹き飛ばす。

この攻撃も避けて直撃こそ負わなかったものの、衝撃で身体を地面に横たわらせる。

ようやく大人しくなった獲物を見て、オーガは獰猛《どうもう》な笑みを浮かべる。

だが、笑みを浮かべたのはユウトもまた同じであった。

「今だ、マホ‼」

「ええ！」

ハッとオーガは、獲物の一人であるマホが魔力を昂《たかぶ》らせていることに気が付いた。

ついつい怒りで周りが見えなくなっていたが、マホは先ほどからずっと攻撃するための魔力を集めていたのだ。

「アース・ニードル!!」

オーガが踏みしめていた大地が形を変える。

そして、マスターの魔力弾を避けるほどの反射神経を持つオーガが反応できない速さで、土が巨大な棘となって襲い掛かった。

それでも、オーガの身体を貫くことはできなかった。

「本当に硬いわね！　だったら、脚を止める……っ!!」

ユウトの持つ聖剣でも大したダメージを与えられなかったのだから、この結果は当然かもしれない。

しかし、すぐにマホは土の棘でオーガを串刺しにしようとする考えを変え、棘を複雑に交差させてオーガを動けなくした。

これには、攻撃が効かなくてニヤニヤと笑っていたオーガも面喰う。

「ガァァァァァァッ!!」

「ひっ……」

強烈な咆哮《ほうこう》を上げて、マホを睨みつけるオーガ。

その怒気と圧力に、マホは小さく悲鳴を上げる。

精神力が消耗して、魔法がうまく維持できない。

「マスター……」

だが、そんな彼女の肩にポンと手を置く彼がいた。

マスターは強力な魔物に睨みつけられても穏やかな笑顔を変えることなく、マホを優しく見下ろしていた。

彼に引っ付いているララディは、うるさそうに耳を塞いでいる。

あまりにもいつも通りな二人を見て、マホは怯えている自分が馬鹿らしく思えた。

「大体、あんなうるせえだけのヘンテコ魔物に、怯える必要なんてないですよ。ささっと倒しちゃってくださいです。うるせーです」

「……ふふ、そうね」

これは、ララディなりの応援の言葉だとマホは受け取った。

もちろん、ララディは応援のつもりなんてまったくない。全部本心である。

もし、マホにできないのであれば、自分でオーガを虐殺するつもりであった。

「あんた、さっきからうるさいのよ！」

「ゴァァァァアッ!?」

だが、奮い立ったマホはオーガに向かってアース・バレット《魔法》を飛ばす。

その土の塊は、巨大な棘に阻まれて自由に動くことのできないオーガの顔面に直撃した。

人間なら一撃で死んでいるはずの威力だが、硬い身体を持つオーガは首を大きく仰け反らせただけで済んだ。

しかし、いくら硬くても目まで硬いというわけではない。

マホの攻撃で、オーガは右目を開くことができなくなるほどのダメージを負っていた。

「グゥゥゥゥゥゥ……ッ!!」

恨みと怒りが濃密に込められた視線がマホに向けられる。

その圧にマホは後退してしまいそうになるが、すんでのところでマスターの服をつかんで踏みとどまる。

「おい、何触ってやがるですか」

今はラディの言葉も無視である。

本来、怖がりなマホならオーガのような強力な魔物に正面から立ち向かうなんて、進んでしようとはしないだろう。

だが、オーガを倒すための手段となれば、嫌でもするしかない。

「ここまでお膳立てはしたわよ、ユウト」

「うん」

マホが視線を向ける先には、吹き飛ばされたダメージから回復したユウトが立っていた。

聖剣を構え、目を閉じている。

すると、その聖剣が光り輝いて強い魔力を放つ。

オーガもマホから視線を外し、ユウトを凝視する。

「これが、僕が今出せる最高の技だ」

光り輝く聖剣を掲げ、目を開くユウト。

聖剣に纏っている光がその力をさらに増し、薄暗い森の中が日光に照らされているように明るくなる。

「ガァァァァァァァァッ!!」

その光を脅威と見て、オーガは猛然と暴れ出す。

逃げなければならない。

その考えだけを元に、自らの動きを妨げる土の棘を次々と破壊していく。

「させないわよっ!!」

しかし、マホもそう簡単に逃がしはしない。

オーガが棘を破壊するスピードよりもさらに速く、棘の量を増やしていく。

オーガが暴れて一つの棘を破壊すると、二つの棘が大地から伸びてくる。

次から次へと壊しても現れる棘に、オーガは激しい怒りを覚える。

「くらえ、魔物!!」

オーガがハッと気づいたときには、もう遅かった。

ユウトの振り下ろした聖剣から、圧倒的な光の粒子が溢れ出す。

「ゴアアアアアアアアア……――ッ!!」

オーガは莫大な光の波に飲まれていったが、最後まで恨みの叫びを上げ続けていたのであった。

ララディの怒り

「はあ……はあ……」

ユウトが荒い息をしながら、聖剣を杖代わりにするという、なかなか罰当たりなことをする。

「(……なるほど、勇者は聖剣を完全には使いこなしていないですね)」

そんな彼を見て、ララディはもう力尽きたのかと驚く。

もう少しできるかと思っていたが、そうでもないらしい。

現在のユウトでは、聖剣の力を出すことは一度きりしかできない。

そのことを、次の定例会議で報告しなければならないと考えるララディであった。

「はぁ……倒せたの……?」

マホもまた、ユウトほどではないが疲れを顔に出していた。

強力な魔法である『アース・ニードル』を何度も使ったものだから、魔力の大部分を喪失している。

「(はぁ……こいつもまだまだですね。残念乳デカお嬢様《ヴァンピール》や、中二病ビビり《クランクハイト》とは比べものにならないです。……使える奴だったら、けしかけてギルドメンバーを襲わせたんですが……)」

心の中でなら、何を思っていても無罪なのである。

ラディの場合はたまに口にしてしまうことがあるので、注意が必要だが。

「はあ……ちょっと疲れたわ……」

「おい、マスターにもたれかかるなです」

マホが甘えるようにマスターにもたれかかれば、目を吊り上げたラディが彼女を見下ろす。

おそらく、ここにマスターがいなければマホは殺されていただろう。

それくらい、ララディはイライラしている。

「ふふ……。オーガを倒して気が抜けたんだよ。ちょっと、許してあげてほしいな」

「はあ？」

ユウトがニコッとイケメンスマイルを見せながらララディに言うが、キツイ返事が戻ってくる。

もはや、ララディは素を隠す気がなかった。

隠しているのは、ギルドのことだけである。

「何言っているですか、お前？」

「え、いや……だから」

ララディにじっと見つめられ、ユウトは少し身体を引く。

彼女が本当に何を言っているかわからないといった顔をしていたからだ。

そんなにマスターが好きなのかと思い、苦笑と共に少し怖くなるユウト。

だが、確かにララディのマスターへの愛は理解できないほど深いものだが、今回に限って言えば別の意味も含まれていた。

何も理解していない様子のユウトに、仕方ないとため息を吐きながら教えてやる。

「――――オーガが、あの程度の攻撃で死ぬわけねーですよ」

ララディはユウトの後ろ、オーガが立っていた場所を見て言う。

そこには、聖剣の力で倒されたオーガがいるはずだった。

しかし……。

「そ、そんな……」

ユウトが目を剥《む》き、口をパクパクと小さく開閉させる。

信じられないと思っていることが伝わってくるように、呆然と呟く。

そして、口にはしていないが、それは同じ勇者パーティーであるマホもまた、同じ気持ちだった。

もし、隣にマスターがいなければ、現実逃避するため、大声で意味のなさない言葉を叫んでいたかもしれない。

「ガァアアアアアアアアアアッ!!」

土煙を晴らしてしまうほどの、とてつもない声量で叫ぶ。

オーガは生きていた。

聖剣による強烈な光の斬撃を受けても、未だ太い両脚でしっかりと大地を踏みしめていた。

だが、硬い皮膚とタフな体力を持つオーガでも、聖剣が相手では無傷というわけにはいかなかった。

頭から一筋の血を流しているし、息も荒くなっている。

しかし、それだけであった。

「（まあ、今の勇者ではこれくらいが限界ですね）」

現状、いつもニコニコのマスターを除けば、平常心を保っているのはララディだけだった。

心の中で、相変わらず辛辣なことを考えている。口にしないだけマシである。

ララディは、ユウトの攻撃がオーガを倒せないことを予想していた。

それは、『勇者担当』として今まで嫌々ながらも彼らを観察していたことから分かることだった。

彼女にとっては、昨日、初めて会って会話したのだが、観察していたのはそのずっと前からだ。

『王国担当』のリッターから報告を受けてから、ずっと勇者パーティーの監視は続いている。

そんな彼女の分析だと、ユウトたちがオーガを倒せないことは明白であった。

そもそも、ユウトたちの実力はまったくオーガに届いていなかった。

魔物の中でも上位の強さとタフさを誇るオーガには、まだ異世界にきて半年も経っていない勇者パーティーが勝てるはずもない。

では、何故魔王軍幹部であるドスを追い払うことができたのかというと、それは『魔王軍担当』のクーリンが彼に対する嫌がらせという名の妨害を隠れて行っていたからだ。

闇ギルド『救世の軍勢《イエルクチラ》』はどこにでも現れるのである。

そして、最も重要なことは聖剣である。

聖剣は魔の力を持つ者には一撃必殺クラスの絶大なダメージを与えることができるが、それ以外の者には強力な武器程度にしかならまい。

これが、ドスを撃退できてオーガを倒せない理由である。

オーガは魔物といえども、魔の力はそれほど多く持っていないからだ。

さらに、聖剣は使用者の力と共に、その力を増していく。

今のユウトの力では、これぐらいが関の山であった。

「ふわぁ……」

そのことを完璧に理解していたラディであったが、ユウトたちには伝えていなかった。どうでもいいからである。

「ゴァアアアアアアアッ!!」

「がはっ!?」

怒りの雄叫びを上げたオーガは、聖剣の斬撃をも耐え抜いて残っていた、わずかな土の棘を粉々に破壊し、愚《おろ》かにも刃向ってきたユウトに襲い掛かる。

こん棒の薙ぎ払いを、身をかがめて避けたユウトであったが、続くオーガの蹴りを躱《かわ》すことはできなかった。

内臓がぐちゃぐちゃになったと錯覚してしまうほどの衝撃を受けて、ユウトは口から血を吐く。

「ガァア……!」

「うあ……」

ユウトを倒したオーガが次に目を向けたのは、自分を土で動けなくしたマホであった。

マホさえいなければ、オーガは聖剣の斬撃を驚異的な脚力であっさりと避けて、今のように血を流すことなんてなかっただろう。

オーガは決して知能の高い魔物ではないため、その分、単純な感情——怒りを強く彼女に向けていた。

真っ赤に血走った目に囚われて、まるで蛇に睨まれている蛙《かえる》のように動けなくなってしまう。

そんな彼女を庇《かば》うように立ちふさがったのは、マスターであった。

「な、何してるのよ！　危ないから下がりなさい！　わ、私なら大丈夫だから……っ！」

そうマスターに言うが、言葉と反してマホの脚は小さく震えていた。

それを知ってか知らずか、マスターは優しく微笑んでマホを見下ろした。

「マスター……」

「ゴァアアアアアアアアアアッ!!」

マホの呟く声をかき消すように、オーガが吠える。

オーガはユウトやマホへの怒りで忘れていたが、彼の微笑みを見てマスターのことを思い出す。

こん棒で打ち落とすより、避けなければならないと本能が教えてくるほどの、危険な魔力の塊を撃ち出してくる獲物だ。

力が尽きた様子のユウトやマホは後回しだ。

今、最も危険度が高いマスターを先に狙うことに決めたオーガ。

だが、ここには勇者パーティーに対する攻撃であればどうとも思わないし、何も行動しないが、マスターに対する敵意には過剰に反応する者がいたことを、オーガは知らなかった。

「――――お前、何調子に乗っているですか？」

「ッ!?」

オーガはマスターから――――正確には、彼にしがみついている、いかにも弱そうな少女から発せられる強烈な怒気と殺気を感じ取った。

その濃密な気は、今まで多くの闘争に勝ち抜いてきたオーガも感じたことがないほどであった。

ララディは目をビゴーンッと光らせながら、口を開く。

「別に、勇者パーティー《こいつら》相手なら好き勝手すればいいです。ララは感知しないです。でも、マスターは別だろうが……です」

怒りのあまり、口調が変わりかけて慌てて取り繕うララディ。

優しいマスターなら自分を受け入れてくれると確信しているが、やはりララディからするときれいなところだけを見てもらいたい。

「マスター。勇者たちはダメダメですし、ララがやってもいいですか？」

オーガに向けたドスの利いた声と違い、甘えた可愛い声でマスターに許可を請う。

マスターは悩む様子を見せていたが、ユウトとマホの様子を観察する。

「マスター……？」

ユウトはオーガから受けたダメージが大きく、まだ立ち上がることができないようだ。

マホは雰囲気が少し変化したマスターを、不安げに見上げている。

そんな彼らを見て、マスターはニコニコとしたままラディに向かって頷いたのであった。

戦う許可を得て、ララディはニヤリと笑う。

これは、マスターに刃向ったものを、マスターの手足として処分できる喜びからくる笑顔である。

しがみついていたマスターの背から滑り降り、細い脚で大地に立つ。

「だ、大丈夫なの？　ララディって、私よりも年下なのに……」

「失礼ですね、お前。心配されなくても、お前よりは戦えるです。あと、年上ですよ、ガキンチョ」

マホは強大な魔力を持つことを知っているマスターならともかく、小さな女の子であるララディが戦うなんて信じられなかった。

それも、自分たちが手も足も出なかったオーガを相手にするなんて、自殺行為としか考えられない。

見た目的にララディが年下だと勝手に思い込んでいたマホは、年上だということに異世界に召喚された時並の衝撃を味わっていた。

そんな彼女を見て、ララディはふんと鼻息を荒く噴き出す。

自分の力をしっかりと認識している彼女は、マホ程度の魔法使いに心配されても鬱陶しいだけである。

「ガァァァァァァァァァァッ!!」

オーガの咆哮はもちろん威嚇のためでもあったが、こんな小さな子供に一瞬でも畏怖した弱気な自分を鼓舞するためのものでもあった。

だが……。

「うるせーですよ」

「ゴァッ⁉」

地中から突然現れた、異常なまでに太くて長い鞭のようなものに殴りつけられ、オーガはその巨体を吹き飛ばされる。

だが、硬い身体を持つオーガはすぐに起き上がり、自分を攻撃してきた鞭を睨みつける。

「しょ、植物……？」

話せないオーガの代わりに呟いたのは、マホだった。

巨大な植物の蔓がオーガを殴りつけたのを、呆然として見ていた。

それは、にゅるにゅると不規則に蠢《うごめ》きながら攻撃指示が下るのを待っている。

「むむっ、流石に硬いですね。あまりダメージもなさそうです」

マホがこれほどの植物を召喚して使役するとなると、一気に魔力が尽きてしまってもおかしくない。

そんな魔法を使っても、平然とした様子のラランディ。

彼女を見て、底が知れないとマホはゴクリと唾《つば》を飲んだ。

ララディの力

「マスター。絶対にマスターだけは守り抜いてみせるですが、一応念のため、少しだけ下がってララを見ていてほしいです」

強敵であるはずのオーガからきっぱりと目を離して、媚《こ》びるようにマスターを見上げるララディ。

身を案じる言葉の中に、マホの名前がないことはご愛嬌《あいきょう》である。

マスターはコクリと頷いて、後ろに下がる。

彼の目にはララディに対する強い信頼感が見えて、ララディは天にも昇りそうな幸せを感じる。

「んふぅ……っ！　蜜が出てきちゃいそうです……っ」

ララディは頭に乗っている花を押さえて、顔を真っ赤にする。

脚をもじもじとさせているが、特に意味はないので安心してほしい。

「ゴァアアアアアアッ!!」

オーガは赤い皮膚に覆われた身体をさらに赤くし、ララディに襲い掛かる。

再び、地中から大きな蔓が現れて、オーガを薙ぎ払おうとする。

しかし、それはすでに一度見た攻撃だ。

オーガはグッと脚に力を溜めるとすぐにそれを解放し、ジャンプしてその薙ぎ払いを避ける。

「むっ。相変わらず、大きな図体のくせに身軽ですね」

ラディは避けられたが、それだけで攻撃手段がなくなるわけではない。

さらに、地中から蔓が次々と伸びてきて、空中で動きのとれないオーガに唸りを上げて迫る。

オーガはこん棒を振るい、一息つく暇がないほどの攻撃を次々と払い落とす。

「流石、戦闘しか頭にない脳筋魔物。なかなかやるですね」

「ガァッ!?」

認めるようなことを言いながらも、ララディは容赦なくオーガを叩きのめす。

あと少しでララディに届くと油断したオーガは、地中からではなくそこらじゅうに立っている木の大きな枝を腹に受けて地面に落とされる。

だが、すぐにララディは異変に気づく。

「ゴァァァ……」

「受け止めやがったですか……」

オーガはニヤリと口が裂けるほど大きな笑みを浮かべる。

腹に叩き付けられた枝を、強靭な防御力で受け止めたのである。

太い腕をさらに膨らませ、ベギャッと折ってしまう。

「ガァァァァァァァァッ!!」

ドスドスと大きな地響きを立てながら、凄まじいスピードでララディに向かって走り出すオーガ。

オーガの道を遮るのは、いくつもの巨大な植物の蔓。

鞭のようにしなり、上から左右から襲い掛かってくるそれを、オーガは身体をひねって避けたりこん棒で叩き落としたりしながら、着々と距離を縮めていく。

そして、ついに邪魔をしていた最後の蔓を引きちぎり、ラランディへの道が開ける。

「ゴァァァァァァァァァッ!!」

「ララディ!?」

勝利の雄叫びを上げるオーガと、悲鳴じみた声を出すマホ。

助けようと、なけなしの魔力をひねり出そうとするマホを、マスターが手を出して止める。

「何で!? あの子、死んじゃうわよ!」

マホがそう言うが、マスターはニコニコとした笑顔を崩さない。

そして、微塵も疑っていない声で言った。

――僕は、ララディを信じている。

「マスターに全幅の信頼を寄せられることが、こんなに気持ちいいなんて……っ!! シュヴァルトが料理を任せると言われた時、ビクビクしていた気持ちが分かったです……っ!!」

「ちょっと! 今、気持ち悪い動きをしている場合じゃないでしょ!」

「このクソ魔法使い! 言うようになったですね!」

自分たちの攻撃が一切効かなかったオーガは、マホにとって最も恐ろしい敵と言っても過言ではない。

そんな化け物を前に発情しているララディを見れば、一言言いたくなるのも仕方ないかもしれない。

ギャアギャアとララディとマホが喧嘩している間に、こん棒を振り上げるオーガを笑顔で見つめるマスター。

……マスターマイスターレベルの者、つまり『救世の軍勢《イエルクチラ》』メンバーでなければ気づかないが、少し引きつった笑顔であった。

「ふん、大丈夫ですよ。ララはマスターのものですからね。お前たち勇者程度とは格が違うですよ」

「ゴァアアアアアアアアッ!!」

何をつべこべ言っているんだ！　とばかりにこん棒を振り下ろすオーガ。

すると、再びドゴッと地中が割れて、そこから黄色の大きな花が現れる。

また、蔓の攻撃かと一瞬本能で考えるオーガであったが、こちらは攻撃せずに静々《しずしず》と生えているだけである。

ならば、この花ごとララディをミンチにしてやろう。

警戒心の強い者なら、まずは未知の花から離れていたであろうが、オーガにそのような知能はなかった。

こん棒が黄色い大きなつぼみに衝突した途端。

「ゴァアッ⁉」

「きゃぁあっ⁉」

オーガだけでなく、マホの悲鳴も響き渡った。

オーガの筋力で潰された蕾から、ボフッと大量の黄色の粉が溢れ出したのだ。

その粉は非常に体積が軽いらしく、一瞬で辺りの森を黄色で埋め尽くしてしまった。

「くさっ⁉　なにこれ、臭いッ⁉」

マホが空気を吸い込んだ瞬間、おげぇっと口を開いて息を吐き出す。

溢れ出した黄色の粉は、凄まじいほどの悪臭を放っていたのだ。

「ゴァアアアアアアアアッ⁉」

ララディから大分離れているマホでさえ、目からは涙が溢れ出し、鼻水が垂れてしまうほどの強烈な臭いである。

超至近距離で悪臭の爆発を受けたオーガは、地面に倒れてのた打ち回る。

しかも、オーガは人間よりも幾分か優れた嗅覚を持っているので、堪《たま》ったものではないだろう。

あの強力な魔物であるオーガがのた打ち回るほどの悪臭。

それを、同じく間近で受けているララディもかなりの反応を示しているだろうと、ちょっと期待して彼女を見るマホであったが……。

「な、何で平気な顔をしているの⁉」

ララディはいつも通り、マスター以外を見るときの心底つまらなさそうな顔をしていた。

自分は鼻がひん曲がりそうな悪臭を味わって顔をくしゃくしゃにしているのに、まったく平然としている。

納得いかないと、涙を流しながら睨みつけてくるマホを見て、ララディはあっとため息を吐く。

「馬鹿ですね。自分の技で自爆するはずないですよ。ちゃんと、対策は取っているです」

ララディが取っているのは、猛烈な勢いで空気清浄をしてくれる花粉を鼻の穴の中に壁のようにつけて、悪臭を完全にシャットアウトしていた。

だからこそ、苦しげに呼吸をしているマホを見て、嘲笑《あざわら》うことができるのである。

「ず、ずるいわよ！　それに、マスターはいいの⁉」

「はっ？　ララがマスターのことを考えていないわけないですよ。というか、四六時中マスターのことしか考えていないと言っても過言ではないです。えへっ」

もはや狂気と言えるレベルの愛情がこもった目をマスターに向けるララディ。

そんな彼女にイラッとしながらも、猛烈な臭さに悶《もだ》えながら、マホは続きを促《うなが》す。

「ほれ、マスターの素晴らしい顔をもっとちゃんと見るです」

「え、でも……恥ずかしいし……」

「何もじもじしてんだ、きめえんだよ……です。そんなカマトトぶらなくてもいいですから、早くするです」

今度は、恋する乙女の雰囲気を前面に押し出してくるマホに、ララディが猛烈なまでにイラッとする。

ララディに促されたマホがマスターの顔を、頬を染めながら見ると……。

「あっ！　マスターの顔に変な花がっ！」

マホがドキドキとして止まず、ララディが発情して止まないマスターのイケメンフェイスは、その下半分を花で覆って隠されていた。

とてもシュールな光景となっている。

「それは、空気花というとても珍しい花です。新鮮な空気を発する花ですよ。これのおかげで、マスターはとても良い空気を吸うことができているです」

「私にも、その花ちょうだいよ！」

「へっ、嫌ですよ。悪臭に悶えるがいいです」

ニヤニヤと笑って、とんでもない臭さにもだえ苦しむマホを見るララディ。

「グァアアアアアアアアアッ!!」

オーガが強烈な絶叫を上げて、倒れていた地面から立ち上がる。

だが、間近で黄色の粉を身体全体に受け取ってしまったため、目は開き切っていない。

さらに、オーガの戦闘力を支えていた五感の鋭さが、著《いちじる》しく損なわれていた。

鼻は利かなくなって、どこに獲物がいるのかわからないし、目も見えないため完全に迷子になってしまっている。

「オォォォォォォォォォォオッ!!」

こんな風に手も足も出ない状況は、オーガにとって初めての経験である。

混乱と錯乱《さくらん》により、手に持つこん棒をめちゃくちゃに振り回し、敵が近づけないようにする。

「あーあ。そんなに振り回すと、危ないですよ」

だが、そもそもラランディは敵を殺すためにわざわざ近づいたりなんてしない。

歩くことが苦手なのに、近接戦闘上等のオーガに近寄るはずもない。

毒粉を撒き散らした黄色の花を召喚し、オーガに向かわせる。

「ゴァァァァァァアッ!!」

オーガは五感が酷く衰退《すいたい》している中、聴覚で空気を裂きながらこちらに向かってくる何かを聞きとった。

そして、フラフラとする頭の中で、その花を次々と叩き潰す。

勇者パーティーを全滅させるほどの力を持つ魔物らしい、一騎当千ぶりであった。

しかし……。

「グァッ!?」

「あー、ダメですよ。その花は、毒を持っているですから」

ララディの忠告も遅く、オーガの全身に、花から出てきた液体がバシャッと存分にかかってしまう。

まあ、ララディも本心から忠告したわけではなく、ただ相手を馬鹿にしているだけであったが。

最初は、液体をかけられて目を丸くするオーガであったが、そのすぐ後、劇的な変化が現れた。

「ギャァァァァァァァアッ!!」

オーガの口から、雄叫びではなく悲鳴が飛び出したのだ。

悪臭を直撃させられた時と同じように……いや、それ以上の激しさで地面をのた打ち回る。

しかし、一向にオーガを襲う激痛と息苦しさは消えない。

「な、何……？　どうしたの？」

ようやく悪臭を放つ花粉が風に乗って薄くなり始めたので、マホにも戦闘を見る余裕が生まれた。

何が起こっているのかと不思議に思いながら、オーガを見ると……。

「お、オーガの身体が……っ!!」

マホははっと息を飲み、口を押さえる。

オーガの身体は、液体がかかってしまった場所が、ドロドロと溶けはじめていたのだ。

「うっ、おぇぇぇぇ……っ！」

その、あまりにも凄惨《せいさん》な状況に、平和な異世界からやって来たマホは思わず口から戻してしまう。

うっうっと喉が痙攣《けいれん》している間も、オーガの絶叫が森中に響き渡る。

さらに、黄色い花粉の悪臭で匂わないはずなのに、魔物の身体が解けていく臭いが届いてくる幻覚に陥り、また戻してしまう。

いったい、何をしているのかとマホは目でララディに問いかける。

「その花は、『ギフトソイレブルーメ』という毒花です。その蜜は、何であろうとドロドロに溶かしてしまう猛烈な酸が含まれているです。もちろん、硬い皮膚を持つオーガも溶けちゃうです」

ララディはマホが目を背けた凄惨なオーガの死にゆく過程を、何の感情も抱いていない目で見下しながら説明する。

オーガの身体がどんどんと溶けて行き、もはや下半身は完全に消失していた。

こん棒を振るって猛威を撒き散らしていた右腕も溶け、顔も半分が消えてしまっていた。

「オォォ……」

勇者パーティーを壊滅させた魔物が遺した最期の言葉は、そんな悲鳴であった。

ついに、ドシャリと音を立ててオーガが地面に倒れ伏したのであった。

帰ってきたロングマン

「あ……あ……」

マホは愕然としていた。

魔王軍の幹部であるドスを撃退した自分たち勇者パーティーは、それなりに強いと自負していた。

だが、オーガは自分たちの実力をはるかに上回る化け物で、もう誰も勝てないのではないかと錯覚したほどだ。

それを、いかにも自分よりも弱そうな、緑色のふわふわした髪に花を乗せているのが特徴的な少女が、見るも無残な方法で虐殺した。

そう、戦闘ではない。

何故なら、ララディはただの一度もオーガの攻撃を受けていないからである。

「な、何なの、この子……!?」

マホはラランディに恐怖していた。

オーガを簡単に殺害する実力もそうだが、ドロドロと溶けていくトラウマ不可避の死に行く過程を、何の感慨もなくじっと見つめていた様子が、最も恐ろしかった。

「ひっ……」

そんな恐怖の対象であるララディが、くるりと振り返る。

マホは味方であるはずなのに、小さく悲鳴を上げた。

ララディはこちらによちよちと歩み寄ってくる。

もしかしたら、自分もあのような残酷《ざんこく》な方法で殺されてしまうのではないだろうか？

実際、ララディは同じギルドの仲間を殺したいと考えて色々と策を練っているのだから、あながち被害妄想というわけではない。

どんどんと近づいてくるララディに、キュッと目を閉じるマホ。

「マスター！　ララの戦いはどうでしたか？　うまくできていたですか？　褒めてくれるですか？」

「……え？」

ララディの目には、すでにマホなんて入っていなかった。

ただ、マスターだけが入っていた。

ララディはマスターにしがみついていた鬱陶しいマホを突き飛ばし、マスターに抱き着いてグリグリと身体を押し付ける。

目をキラキラとさせて、『褒めて褒めて』と言外にアピールする。

「あふぅ……。たかが、オーガを殺す程度でこんなに褒められたら、ララ、オーガを絶滅させちゃいそうです……」

マスターが優しく頭を撫でて褒め言葉を贈ると、恐ろしい計画を口走るララディ。

この時、全オーガが何の根拠もない不安に襲われたという。

マホは、頬を染めてマスターの身体に未熟な肢体を押し付けまくっているララディを見て唖然とする。

自分はいったい、この女のどこを怖がっていたのか？

いつも通りの、マスター狂い少女ではないか。

キャッキャッとマスターにじゃれついているララディを見て、ため息を吐く。

「それにしても、あんたっていったい何者なの？　本当に、マスターの弟子なの？」

マホはマスターとララディに疑いの目を向ける。

前から思っていたことだが、マスターもララディも、学者とは思えないほどの戦闘力を持っている気がしてならない。

実際、戦闘が専門であるはずの勇者パーティーが倒せなかったオーガを、ララディは一人で虐殺してしまったのだ。

本当に、彼らは知を求める学者だろうか？

「ふんっ。まあ、『愛』を前に付けるのであれば、あっているかもですね」

「はいはい」

ない胸を張ってふんぞり返るララディを見て、マホは苦笑する。

マスターを見上げるが、あまり話したくなさそうに曖昧《あいまい》な笑みを浮かべている。

彼らが何者かは分からないが、マホは正直どうでもいいかと思っていた。

ララディはムカつくが助けてくれたし、マスターが何者であろうと自分を助けてくれたことには変わりない。

そう、思っていたところに……。

「いやいや、俺は知っているぞ。こいつらの正体をな！」

「ロングマン？」

オーガの不意打ちを食らって、さっさと戦線離脱していたロングマンが、木々の間を抜けながらやって来た。

彼を回復させたメアリーも戻ってきており、地面に倒れていたユウトの治療を行っている。

「こいつ、役立たずのくせに何をかっこつけて言っているですか？」

「うるせえ！　オーガが思っていたより強かったんだよ！」

ララディが、やれやれといったジェスチャーをして嘲笑うと、ロングマンが激しく言い返す。

マホも、同じようなことを考えていたので、グッと口を閉じた。

だが、彼の言葉に引っ掛かりを覚えたマホは口を開いて疑問を形にする。

「ちょっと待ってよ。あんたの口ぶりだと、討伐の魔物がオーガだって知っていたように聞こえるんだけど」

「おう、その通りだ。俺は、ここにオーガが出るって知っていたぞ」

マホの疑問にあっさりと答えるロングマン。

そんな彼の言葉に、ますますわけがわからなくなるマホ。

少量の怒りと、多量の困惑を乗せて言葉を発する。

「あんた、馬鹿なの？　知っているなら、どうして私たちに教えないのよ。こっちは、あんたがいない間大変だったのよ！」

自分たちの攻撃がほとんど効かないオーガを前にしたときの絶望感を、ロングマンは知らないだろう。

あっさりと退場していたのだから、当然だ。

大きな恐怖を味わったマホの怒りは大きい。

「はっ！　仕方ねえだろ。こいつらの化けの皮を剥《は》ぐための罠だったんだからなぁっ！」

ロングマンはビシッと指をさして言う。

その指の先には、ニコニコと笑っているマスターとくだらなさそうに見ているラディがいた。

「ちょ、ちょっと！　あんた、さっきから何言っているの!?」

「まあ、お前とユウトには教えていなかったから、わからなくても無理ねえわな」

「だから、何の話よ！」

自分の知らない話がどんどん進んでいくことに、怒りが湧き上がるマホ。

全てを知っているように話をするロングマンが、ムカついて仕方がない。

もともと、性格的な相性もよくないため、なおさらだ。

そんな彼女に対して、もったいぶってからロングマンは言う。

「それだったら、こいつらに話をしてもらおうぜ。なぁっ！　闇ギルド『救世の軍勢《イエルクチラ》』のお二人さんよぉっ!!」

「や、闇ギルド……？」

ロングマンが勝ち誇ったように暴露し、マホが振り返って二人の顔を覗き見る。

その顔は、いつも通りのニコニコ笑顔とつまらなさそうな顔だった。

余裕の理由と豹変《ひょうへん》

「この二人が闇ギルドって……どうしてそんなことが分かるのよ！」

マホはロングマンに噛みつく。

二人が王国から敵視されている組織の人間だと、信じたくないからだ。

そんな彼女に対し、出来の悪い生徒に言い聞かせるように話し出すロングマン。

「俺たちが魔王軍の幹部を倒したとき、王様に謁見しただろ？　その時、俺たちは初めて闇ギルドのことを聞かされた」

「そんなこと、知ってるわよ！」

「まあ、聞けって。その後、すぐに謁見は終わってパーティーが始まったけど、その時、俺だけ偉い人に呼ばれてな。もっと、闇ギルドの詳しい情報を教えられたんだよ」

「な、何であんただけが……」

「それは分かんねえけど、勇者パーティーの中で一番俺が頼りになるってことじゃねえのか？」

ロングマンはそう言うが、マホは、それは違うと思った。

おそらく、一番話しやすかったのがロングマンだったのだろう。

ロングマンはパーティーの中で、一番異世界を楽しんでいる男だ。精神的な余裕も充分にあった。

逆に、マホなどは精神的余裕がないし、王国に対して強い不信感を抱いている風だから教えられなかったのだろう。

「まあ、そこで俺は闇ギルドの構成員の情報を得たってわけだ。ほとんど大したものはなかったけどな」

これを聞いて、マホはユウトたちも聞かされていない理由を知った。

もし、ララディのような小さな女の子が闇ギルドのメンバーだと言われても、心優しいユウトは戦うことができないかもしれない。

メアリーもまた、ユウトと同じく慈悲深い少女だ。

「一人だけ他よりも情報が多い構成員がいてな。そいつが、ララディちゃんにそっくりだったんだよ」

「なっ……！　（誰か、ララの情報を売りやがったですね！　王国となれば……リッターですかっ！

あの、無自覚淫乱騎士めっ！　マスターを独り占めにした腹いせにララの情報を売るなんて……っ!!）」

ララディはロングマンの言葉から、すぐにギルドの仲間（笑）が自分を売ったことを悟った。

彼女も、マスターを他のメンバーが独り占めしたら何かと邪魔をするだろうから、すぐに分かった。

「今まで確信を得られなかったが、このオーガとの戦いで完全に一致したぜ！　植物を使う小さな女となれば、ララディちゃん以外考えられねえ！」

「うっ……！」

ロングマンの言葉に、何も言い返せないマホ。

確かに、悪逆非道だという闇ギルドのことで思いあたるところがないというわけではない。

ララディは生きたまま身体をドロドロに溶かしていくという凄惨な殺害方法で、オーガを殺した。

それを見ても、眉一つ動かさないほどの冷血ぶり。

それは、まさに悪いギルドのメンバーの行動ではないだろうか？

「ほ、本当なんですか、マスターさん、ララディ……」

「ユウトっ！」

オーガに倒されたユウトが、メアリーの肩を借りながら歩いてくる。

メアリーが回復魔法をかけたとは言っても、まだしんどそうだ。

フラフラになりながらも、ユウトが二人に問いかける。

はっとマスターを見ると、少し悲しげな笑顔を浮かべていた。

「何でよ……。違うって言いなさいよ……」

マホのすがるような言葉にも、マスターは寂しそうな笑顔を浮かべるだけだ。

「――――はぁ、鬱陶しいですね」

シンと静まり返った状況で、ララディの言葉がやけにみんなの耳に届いた。

全員の注目を集める彼女は、面倒くさそうに半目になっていた。

「マスター。もう、言っちゃってもいいですよね？」

ララディがマスターを見上げて、判断を仰ぐ。

マスターは仕方がないといった様子で頷いた。

その反応を見て、まるで、敵対しているかのように距離を開けて、ララディはニヤリと笑って、勇者パーティーを見る。

「そこの役立たず男、正解ですよ。よく分かったですね。まあ、リッター《あいつ》の妨害がなければ、気づいていなかったと思うですけど」

「おいおい、あっさり認めるんだな」

「はっ！　お前ら程度にばれたって、どうでもいいことです」

「ははっ！　相変わらず俺に対して辛辣だな、ララディちゃん。でも、ここにいるのが、俺たちだけだって誰が言ったよ？」

ロングマンがそう笑って指を鳴らすと、マホはようやく自分たち以外の人間がここにいることを悟った。

しかも、その数は非常に多く、三十人近くいる。

全員厭らしい笑みを浮かべながら、ぞろぞろと集まってくる。

「なっ！　この人たちは……っ⁉」

その男たちの中に、何人も見知った顔が入ってあることにマホは驚愕する。

だが、マスター以外脳の中の占有率が異常に低いララディにとっては、まったく見知らぬ男たちであった。

「あれ、知っているですか、お前」

「何でララディは覚えていないのよ！　この人たち、私たちにオーガの討伐を依頼してきた村の人たちじゃない！」

そう、彼らは村で勇者パーティーと闇ギルドを迎え入れた人々であった。

「こいつらは、村の人間じゃねえぞ。全員、グレーギルドと王国の騎士たちだ」

「なっ⁉」

「マスター、素敵です……」

ロングマンが勝ち誇るように言うと、マホが驚愕し、ララディはどうでもよさそうにする。

彼ら全員の顔を一度見回した後、飽きたのかマスターの顔を見て陶酔し始める。

一番危機感を持たなければならないはずのララディがのんきにしているので、また腹が立つマホ。

彼女はロングマンたちにまったく興味がなさそうなので、仕方なく自分が会話をする。

「本当の村の人たちはどうしたの？」

その質問に答えたのは、ロングマンではなく村長と自称していた男であった。

「ああ、あいつらならとっくに殺しちまったよ。村を貸せって言ったら抵抗しやがったからな。女もいたから、久しぶりに楽しませてもらったぜ」

「なっ……!?　そ、そんなこと許されるわけ……っ！」

「ざーんねん。俺たちに依頼してきたのは、王国の王子様だぜ？」

マホは愕然とする。

闇ギルドのメンバーを討伐するために、一つの村をグレーギルドと王国騎士は滅ぼしたのだ。

それも、非道な方法で。

「あんたたちの中に、騎士もいるんでしょ!?　国民を守らないでどうするのよ！」

「おー、お嬢ちゃん。そんな物語のような騎士様を求めるんだったら、『王子派閥』の騎士に言ったって仕方ねえぜ？　『王女派閥』にならら、お嬢ちゃんの求める騎士様はいるだろうがな」

マホの叫びに、マスターたちを囲む男の中の一人がそう言って笑う。

王国の騎士は国民を守るべきものだとばかり思っていたマホは唖然とする。

彼の言葉を信じるならば、少なくとも『王子派閥』とやらの騎士たちは、国民を虐殺することに何のためらいもないのだろう。

「め、メアリーは！　こんなことを許してもいいの!?」

ロングマンはもとより、マスターたちを囲む彼らに何を言っても無駄だと判断したマホは、同じパーティーで心優しいメアリーに問いかける。

彼女なら、このようなリンチを自分と一緒に止めようとしてくれるかもしれない。

「……私も、この方たちが罪のない村の人々を殺害したことはダメだと思います」

「メアリー！」

ユウトに肩を貸しながら、顔を伏せて言うメアリー。

ようやく、仲間ができると喜ぶマホであったが、次の瞬間メアリーが一変してしまった。

「でも！　闇ギルド『救世の軍勢《イエルクチラ》』のメンバーには天使教の信仰者はいないと聞きます！　あまつさえ、天使教ではなくマスター教なる意味の分からない新興宗教を立ち上げているとか！」

「め、メアリー……？」

カッと目を見開いて、爛々《らんらん》と眼光を輝かせるメアリー。

その瞳には、いつもの優しくて穏やかな色はまったくなく、攻撃的で盲目的《もうもく》な色しか残っていなかった。

「世界で唯一許容される宗教は、天使教のみ！　愚かにも我が宗教と対立する悪魔教や、バカバカしい新興宗教なんてクソ喰らえです！　信仰する奴らも皆殺しですっ!!」

マホはメアリーの豹変に愕然とする。

優しく思いやりのある子で、怪我をすればいつも暖かい光で癒してくれたのだ。

その優しいメアリーと、今の瞳孔を開き切って興奮したメアリーの、どちらが本物なのかわからなくなってしまった。

「あー。本当、うちのニコニコ年増もそうですが、狂信者って気持ち悪いですね」

ララディはメアリーの狂いっぷりを見て、心の底からげんなりとする。

時折スイッチが入って、わけのわからないことを延々とほざき続けるアナトのことを思い出したのである。

普段は優しげにふるまっている……もとい演技をしているアナトだが、何かの琴線に触れるとすぐに礼拝室に閉じこもり、マスターに対して重すぎる感謝や畏敬、愛の念を捧げ続けるのである。

たまに、無理やり付き合わされるせいで、ギルドメンバーからの不評は半端ではない。

ただ、天使などというゴミ虫に祈るよりも、マスターに祈りを捧げる方がよっぽど有意義であることには同意していた。

「私は、ララディちゃんとマスターさんが闇ギルドかどうかなんて、本当にどうでもいいんです。ただ、天使教以外の宗教を信仰していることが許せない……ッ！　天使様は、絶対にお許しにならない！」

「まあ、ララはマスターの手足となっていた方が幸せですから、天使教は信仰しないですけど……」

「だったら、天罰ですっ!!　天使様に代わって、私があなたたちを断罪します!!」

「うわー……やっぱり、狂信者って鬱陶しいったらありゃしねぇです……」

ララディは心の底から嫌そうな顔をするのであった。

勇者パーティーの崩壊

「そんな……」

マホは目の前が真っ暗になるような絶望を味わっていた。

今まで苦楽を共にしてきたメアリー。

自分の気持ちを救ってくれたマスターとララディ。

どちらもマホにとって大事な――しょっちゅう口論していたロングマンはそれほどでもないが――仲間たちである。

そんな彼らが、今まさに殺し合いを繰り広げようとしているのだ。

「ふふっ」

そんな中、鈴を転がすような笑い声が響いた。

それは、どこか妖艶に微笑むララディが発した声だった。

「マスターの考えもあって大人しくしていたですが、ようやく鬱陶しいお前たちを殺せるですか。うーん……スッキリするですっ」

ララディは平常運転であった。

そもそも、勇者パーティーのことなど微塵も仲間だと思っていなかったので、裏切られたとも思っていない。

「おいおい、ララディちゃん。この人数相手に勝てるとでも思っているのかよ？　俺の女になってくれるんだったら、王様に掛け合ってやってもいいんだぜ？」

「雑魚が束になったところで、何も変わらないです。というか、お前の女になる物好きな奴なんていないですよ。馬鹿ですか？」

数で圧倒的優位に立っていることから、あのオーガを倒したララディ相手でも強気に出ることができるロングマン。

少しロリ体型であるが、見た目は美少女であるララディに欲望丸出しの提案をするが、すげなく断られる。

「（まだ、マスターのものになってねーですのに、お前なんか眼中にねーです）」

へっと荒んだ顔を見せるララディ。

その後、敵対を明言しているロングマンとメアリーは見ずに、未だあやふやな立場のマホとユウトを見る。

「で？　お前たちは結局どっちにつくですか？　もちろん、あっち側ですよね？　よし、殺すです……あ痛っ!?　……です」

問答無用でロングマン陣営に二人を押し付けようとするララディ。

面倒だし、ここで勇者たちを皆殺しにすれば監視も解かれる。

となると、『救世の軍勢《イエルクチラ》』のメンバーの中でフリーとなるのは彼女だけとなり、合法的にマスターと二人きりでイチャイチャできる時間が作れるのだ。

当然、妨害は行われるだろうが、イチャイチャというご褒美を目の前にしたラララディは誰にも止められないだろう。

そんな気持ちだったのだが、マスターにビシッと頭をチョップされるララディ。

ギルドメンバーたちに甘いマスターが痛いようにはしなかったことは当然だが、それよりもマスターに叱られたということで精神的に猛烈なダメージを受ける。

ズーンと沈むララディをよそに、マスターが話す。

――マホは、本当に僕たちの敵になるのか？

「て、敵って……マスターの……」

――僕は、君とユウトのことが好きだ。死なせたくないと思う。でも、ララディの敵になるというのなら、僕の敵でもある。

「す、好き……」

「ましゅたー！　ララもだいしゅきです!!」

緊張感が一気に吹き飛んでしまうような光景。

マホは先ほどの絶望していた顔からコロリと頬を染めた乙女の顔になり、ララディは「でへへへへ！」と笑いながらよだれを垂らしている。

マスターの笑顔も、どこか陰《かげ》りを見せている。

――別に、僕たちの味方になれと言っているわけじゃない。ただ、敵にならないでほしいだけだ。

マスターの言葉はとても真摯《しんし》に訴えかけてくるものがあった。

彼はマホとユウトが敵になることが厄介だから言っているのではないということが伝わってくる。

心の底から、彼女たちを心配しているのだと分かった。

マホだって、ほのかな想いを持ち始めているマスターと戦いたくはない。

それに、ララディのオーガを殺した手管を見て、彼女と殺し合う気には全くなれなかった。

ドロドロに溶かされるのが、オーガから自分に代わるだけのようにしか考えられない。

さらに、もともと信用できなかったロングマンや、豹変して本性を表したメアリー。

それに、マスターたちを追い詰めるために、何の罪もない村人たちを虐殺した王国騎士やグレーギルドの面々よりも、マスターたちの味方をしたいと思っていた。

「ユウトは……」

「うぅ……」

チラリと彼を見ると、心優しく誰かをいつも思いやることのできるユウトは、酷く悩む様子を見せていた。

大切な仲間をとるか、短い期間とはいえ一緒に旅をしたマスターたちをとるか。

普通であれば前者をためらいもなくとるだろうが、ユウトは勇者だ。

どちらの命を見捨てることなんて、考えることもできなかった。

その優柔不断さに時折イライラとさせられていたマホだったが、今だけは憐憫《れんびん》のまなざしで彼を見つめていた。

メアリーがそんなユウトを突き飛ばしたのは、そんな時だった。

「えっ……？」

突き飛ばされたユウトはもちろん、それを見ていたマホも何が起きたのかさっぱりわからないといった様子だった。

メアリーは顔を伏せていて、表情が分からない。

「何言ってんだよ。ユウトとマホは、あっち側だろ？」

「ちょ、ちょっと待ちなさいよ！　まだ、私もユウトも、何も言っていないじゃない！」

ニヤニヤと笑うロングマンに怒鳴る。

「あぁ？　そうだっけか？　でも、お前らはマスターと仲良くやっていたじゃねえか。そっちの方がいいんじゃねえの？」

マホには、ロングマンが何を言っているのかわからなかった。

どうして、そこまで自分たちを敵にしようとするのか？

「ロングマン……どうして……」

「鬱陶しいんだよ」

ユウトがフラフラと歩み寄りながら聞くと、ロングマンは突き放すように辛辣な言葉を吐き出す。

ようやく言えるといった表情で、随分とスッキリとした顔をしているロングマン。

「ユウト、ユウトってよ。いつも、勇者パーティーの話の先頭に出てくるのはお前だ、ユウト。それが、鬱陶しくて仕方ねえ！　この異世界で！　主人公は俺だろうがよ！　お前みてえなガキが、何で俺より目立ってんだよ！　うぜえんだよ！」

ロングマンはこの世界に召喚されたユウトとマホの三人の中で、最も早く順応した男だ。

それは、彼がつらいことばかりの現実を憎んで、空想の物語にのめりこんでいたことにある。

そういった物語の中で異世界に召喚されるということはよくあることであり、自分が同じ場面に遭遇したときは、あっさりと受け入れることができた。

本来彼が望むとすれば、召喚されるのは主人公であるロングマン自身だけでいい。

だが、残念なことに召喚されたのは自分だけでなく、子供が二人もいるではないか。

最初こそ腹が立ったロングマンであったが、そのすぐ後には逆に良い方向へと考え始めていた。

主人公は自分であることに間違いないのだから、二人を助けてやればいい。

そうすれば、そんな優しい自分を見て異世界のヒロインたちが寄ってくるに違いない。

子供のうちの一人は――――マホのことであるが――――、気は強そうだが案外整った顔をしている。

何なら、こいつを自分のハーレムに入れてやってもいい。

そんなことを考えていたロングマンであったが、その慢心はすぐに打ち崩されることになる。

召喚後の能力確認で、聖剣を扱うことのできる勇者はユウトであることが分かったのだ。

それに比べて、ロングマンは自身が脇役というイメージを強く持っていた前衛のタンク能力。

華々しく勇者として活躍する妄想をしていたロングマンは酷く打ちのめされた。

ちょうど彼が落ち込んでいるときに、ユウトがちやほやと褒めそやされていたことも、彼をさらに追い込んだ。

「俺は、ずっとお前が嫌いだったぜぇ、ユウト」

「ロングマン……」

ショックを受けた様子のユウトを見て、せいせいとするロングマンは大きく笑う。

そうだ。ユウトが召喚されなければ、自分が勇者となっていただろう。

もし、そうなっていたら、マホやメアリーを好きにすることもできていたかもしれないし、勇者パーティーの一員としては絶対にしてはいけない、黒い貴族とのつながりを持たなかったかもしれない。

奴隷や立場の弱い女を片っ端から犯すような行為に手を染めることはなかったかもしれない。

「全部お前のせいだぜ、ユウト」

ロングマンの言に正当性はまったくない。

全部、自分の責任をユウトに押し付けただけである。

だが、仲間だと思っていたロングマンに裏切られたユウトは、その言葉で何かが折れてしまった。

ガクリと肩を落とし、目はうつろ。

ユウトを打ちのめして満足気に鼻息を荒くするロングマンは、次にマホを見る。

「お前も鬱陶しかったぜ、マホ」

「わ、私……？」

ビクッと身体を震わせるマホ。

「ああ。いつもいつも、帰りたい帰りたいってピーピー泣きやがってよ。うるさくてしかたなかったぜ！」

「そ、それは！　帰りたいって思うのは普通じゃないの！」

「うるせえ！　そういうところだって言ってんだろうがっ!!」

マホの反論を大声でかき消すロングマン。

あちらの世界でロングマンは平凡で退屈、そしてつまらない日常を送っていた。

そのことに、彼は酷く不満を感じていた。

マホもまた、あちらの世界では平凡な学生生活を送っていたが、ロングマンのように不満を感じたり退屈だと思ったことは一度もない。

あの平凡な日常が、彼女にとって幸せだったのである。

ならば、帰りたいと強く願っていても、おかしくもなんともない。

だが、ロングマンには自分だけ良ければいいという考えがあるので、マホの事情など一切顧《かえり》みなかった。

「ついでだ。お前らも、ここで闇ギルド諸共抹殺してやる！」

「きゃっ……!?」

ロングマンは隣にいたグレーギルドの男から斧《おの》を借りると、それをマホのすぐ近くの地面に投げつけた。

ザクッと深くまで突き刺さった斧を見て、ロングマンが本気なのだと確信するマホ。

「――――はぁ……どうでもいい内輪もめは、もういいですか？」

オーガオーガオーガオーガ

そんな最悪の空気の中、口を開いたのは心底どうでも良さそうに勇者パーティーのいざこざを見ていたラディであった。

くだらない、本当にくだらない。

「おいおい、口の利き方には気をつけろよ、ララディちゃん。じゃないと、後で泣いて命乞いすることになるぜ？　俺たちには、とっておきの……」

「それは、お前たちが周りに潜ませているオーガのことですか？　あんなので、ララとマスターをどうにかできると本気で思っているですか？　馬鹿ですか？」

ニヤニヤとしていたロングマンの顔が凍りつく。

気付かれていた？　強力無比な魔物、オーガを潜ませていたことが？

「ちっ、ばれちゃあ仕方ねえな。おい！」

ロングマンの指示に従って、魔法使いらしき男たちが魔力を使う。

すると、ドシドシと重たげな音を出して飛び出してきたのは……。

『ゴアァァァァァァァァァァァァッ！！！』

四体ものオーガであった。

一体でも命の危険を感じるような魔物が四体も現れ、マホやユウトは目を見開く。

「はー……村人共を生贄にして、オーガを支配下に置けて良かったぜ。最初は一体で十分だと思っていたが、村人の数も多かったから全員を適当に生贄にしたからな……結果的には四体もいてよかったな」

ニヤニヤと笑うロングマン。

「こ、こんな……どうしたら……」

「引っ込んでいるですよ、馬鹿」

「ば、馬鹿っ!?」

絶望しかかっていたマホに容赦なく冷たい言葉を浴びせたのはララディであった。

彼女はオーガ四体を見ても、余裕の表情であった。

「ララは闇ギルド『救世の軍勢《イエルクチラ》』メンバーですよ？　こんなの、相手にならねーです」

『ッ!!』

ララディの頬に、うっすらとギルドの紋章が浮かび上がった。

それを見て、ごくりと喉を鳴らしたロングマンたちであったが、次の瞬間、地面がゴゴゴッと揺れ始めた。

「ララは『救世の軍勢《イエルクチラ》』メンバー。その仕事は、マスターの前に愚かにも立ちふさがる大馬鹿者どもを、植物の養分に変えることです」

「冗談だろ……？」

ロングマンの首はどんどんと反っていく。

それは、空へと伸びていくラディィを目で追っていたからだ。

ロングマンの前には、巨大すぎる植物と下半身を一体化させたララディがいた。

先ほどまで人の肌色をしていたのだが、今ではすっかりと薄い緑へと体色を変えている。

身体に纏っていたふんわりとした衣服は全て剥がれており、慎ましながらも確かな凹凸が感じられる肢体を惜しげなく披露していた。

もちろん、大事なところはバッチリと植物で隠されていたが。

「あ、ちなみにララは人間じゃなくて、アルラウネ……魔族です。よろしくはしないです。さっさと死ね」

やる気なさそうに、ララディはそう宣言するのであった。

そんなララディを見て、マスターは思っていた。

――――何で力を使うと、露出度が急上昇するんだろう？

アルラウネと油断

その植物の大きさは、まさしく異常だった。

前に、オーガをあっさりと殺してしまった植物はかなり大きかった。

しかし、それは周りの木々の高さをあっさりと超えてしまうほどの、今のラディが合体している植物とは、比べものにならない。

「さぁて、早速死んでもらうですよ。面倒ですし、巻きでいくです」

「うぎゃぁぁぁぁぁぁぁっ⁉」

ラディは自身を見上げる人々をゾッとするほど冷たい目で見降ろすと、指をパチッと可愛らしく鳴らす。

すると、真下からドゴッと花が現れて、彼らを食べてしまった。

「お、俺の脚がぁぁぁぁぁっ⁉」

それだけではない。

花弁の中では大量の酸が彼らを待ち構えており、下半身を一瞬でドロドロに溶かしてしまった。

「うわぁぁぁぁっ‼」

「助けてぇぇぇぇ‼」

「熱い熱い熱いぃぃぃぃぃぃぃっ‼」

大勢の悲鳴が響き渡る。

突然、動き出した木々に尖った枝で全身を貫かれるグレーギルドの者。

口のある植物に追い掛け回される王国騎士。

オーガをも溶かした酸性の液体を全身にかけられて、地面をのた打ち回る者。

いつの間にか、マスターたちを包囲していた円はすっかり壊されており、ただ植物に蹂躙《じゅうりん》される人間たちがいるだけだった。

「う、嘘だろ……?」

ロングマンはその光景を前に、武器を取ることも逃げることもできず、ただ呆然と突っ立っている。

「クソォォッ！　オーガッ！　あのアルラウネを殺せぇぇぇっ!!」

『ゴァアアアアアアアアアッ！！！！』

汗をダラダラと流しながら怒鳴るロングマンに、普段であれば決して彼のような男には従わないオーガたちが呼応する。

雄叫びを上げてラディに突進する彼らであったが……。

「オーガですか……。もう、お前たちには飽きたですよ」

強力な魔物が複数体迫ってきても、何ら表情を変えないラディ。

彼女の乗る植物の茎から、にょきにょきともう一本の茎が伸びる。

それはみるみるうちに成長していき、一つの大きな実となった。

垂れさがる提灯《ちょうちん》のような実は、風が吹くたびに重たそうに揺れている。

「あ……」

誰かが呟くと同時に、その実がプチリと茎からはがれて地面へと落ちていく。

それは、ラディに猛然と迫っていたオーガたちの目の前の地面に落ちて、潰れた。

その瞬間、バァンと凄まじい破裂音と共に実が炸裂し、中から大量の何かが飛び出してきた。

『ギャアアアアアアアアアアアアッ!!』

オーガの絶叫が森中を走り抜けた。

炸裂の衝撃で吹き飛ばされ、せっかく詰めた距離を一気に引き離されてしまう。

その衝撃はオーガだけではなく、襲い来る食人植物から逃げ惑っていた騎士やグレーギルドのメンバー。さらには、ロングマンやメアリーにも平等に襲い掛かった。

「う……ぐっ……!? な、何が……!?」

ロングマンはなにが起きたのかさっぱりわからず、座り込んでいた身体を起こす。

吹き飛ばされた際に、何かが刺さったようで腕からは血が垂れていた。

「な……っ!?」

フラフラとしながらも周りを見渡すと、衝撃の光景が目に飛び込んできた。

勇者の攻撃すら大したダメージを喰らわないオーガの強固な身体に、巨大で無骨に削られた棘が突き刺さっていた。

「あ、あのオーガが……こんなあっさり……」

「もうダメだぁっ! 俺は逃げるぞぉっ!!」

「ひぃいいいいいいっ!!」

「お、おい! 待てっ!!」

ロングマンが慌てて呼び止めるが、王国騎士もグレーギルドのメンバーも誰一人彼の命令に従おうとしない。

そもそも、ロングマンは彼らの上司でもなければ仲間でもない。

そんな彼の命令に従うわけはない。

ラディたちに背を向けて走り出す男たちであったが、彼らを追いかける植物に次々と捕まって血祭りにあげられる。

「うっ……!?　く、くそっ……！　メアリー、俺に治療を……っ!?」

立ち上がって彼らを追いかけようとするが、腕から血がとめどなく溢れて痛みを訴えかける。

回復魔法の使えないロングマンはメアリーを呼ぶが、彼の目は腹部に巨大な棘が刺さって太い木に縫《ぬ》い付けられている彼女の姿を捉えた。

「うっ……おぇぇっ!!」

勇者パーティーとなってから、様々な経験をしてきた。

その中には、目を背けたくなるようなこともあったのだが、少なからず交流があった仲間の死は、彼の精神に強い負荷をかけた。

地面に膝をつき、ボタボタと腹の中のものを吐き出すロングマン。

「あれ？　さっきまでの威勢はどうしたですか？」

そんな彼を見下ろすのは、遥か高みから覗き見るラディだ。

周りを見ると、すでに生きて動いているのはほとんどいない。

マスターたちを囲んでいた王国騎士とグレーギルドのメンバーは、全員が無残な最期を迎えていた。

凄惨な大量殺戮現場でもニコニコ笑顔を絶やさないマスターと、色々と複雑そうな顔をしているマホ。

そして、メアリーの死体を見て顔を蒼白にしているユウト。

もはや、この場で生きているのはロングマンを除けば彼らだけだ。

皆、自分を見降ろす小さな女の子に殺されてしまった。

「ひ……あ……」

改めて実感する。

自分は、なんて恐ろしいものに手を出してしまったのだ⁉

がっしりと固められた防具も、あの巨大な植物の前では紙切れのようなものだろう。

命の危機を身近に感じて、彼の下半身はびっしょりと濡れてしまっていた。

「ふん、何も話せないですか。まったく、その程度の力しか持たないのなら、マスターに刃向うなです。いちいち、処理が面倒なんですから」

ラディの言葉と同時に、ズルリと花弁をもたげる植物。

そこには、本来ないはずの口がぽっかりと開いており、早く入ってこいとばかりに牙をガチガチと鳴らす。

「う、あぁぁぁぁぁぁぁぁぁっ‼」

ロングマンは腕が痛むことなんて、すっかり頭の外に放り投げていた。

本来であれば両手でしか振るえない巨大な剣を、火事場の馬鹿力によって片手で振るった。

その一撃は、彼が異世界に来てまさしく最強の一撃だっただろう。

「残念。ララの植物は、そんなヤワじゃねーですよ。リッターくらいの剣士なら別ですけどね」

ロングマンはララディの言葉の中に、どこかで聞いた名前を聞きとった。

確か、リッターとかいうのは王国の……。

そんな彼の思考は、そこで強制的に途切れる。

ロングマンの攻撃を、剣を粉々に噛み砕くことで防いだ植物が、また大きく口を開けて彼を飲み込んだからである。

こうして、勇者パーティーであるロングマンとメアリーの冒険譚は、闇ギルド『救世の軍勢《イエルクチラ》』によって終わったのであった。

◆

「ふぅ……やっぱり、本当の姿に戻るのは疲れるですね。ゴミ処理も終わったし、さっさと解除を……」

ララディはやるべきことは終わったと、アルラウネの形態を解こうとする。

ユウトとマホという二人がいるが……おそらく、彼らはマスターに牙をむくことはないだろう。

仮にむいたとしても、オーガとの戦闘で疲労している彼らならば、アルラウネにならずとも処分することができる。

勇者パーティーを皆殺しにできれば一番良いのだが……まあ、二人殺せただけでも十分だろう。

そんな思いから形態を解こうとしていたのだが……。

しかし、それはある者の雄叫びで実行できなくなってしまった。

「ガァァァァァァァァァッ!!」

「なっ!?」

ラディの攻撃によって、腹に棘が刺さって地面に倒れこんでいたオーガの一体が、猛々しい叫び声と共に起き上がったのだ。

その近くにいたマホは、驚愕と共に絶望する。

周りにあるものを全て破壊対象とする獰猛な魔物、オーガ。

そんな魔物の近くにぼけーっと突っ立っている自分なんて、真っ先に殺されてしまうだろう。

「グアアアアアアアアアアアアアアアアッ!!」

「……あれ？」

しかし、そんなマホの予想とは裏腹に、彼女には目も向けずに一直線にラディに向かって走り出す。

もしかして、ロングマンの命令がまだ残っているのだろうか？

「ふんっ。あそこで魔法使《マホ》いを殺していたら、吹き飛ばすだけで許してやったですのに……。さっさと死ね……です」

もう飽きたと、つまらなさそうに首を横に振るラディ。

彼女の意思にしたがって、地響きを鳴らしながら大量の巨大な植物が現れる。

そして、尖った蔓でオーガの身体を狙っていく。

「む……」

しかし、オーガはそれを全て防いでしまった。

あるいは華麗に身体をひねらせて避け、あるいは持っているこん棒で蔓を叩き落とす。

それだけなら、強力な魔物であるオーガなら可能かもしれないが、なんとオーガはラディ目がけて走り出したまま、それら全ての攻撃を防いでしまったのだ。

アルラウネとなっている今の彼女は、人間形態の時よりも強力な植物攻撃を仕掛けている。

しかし、オーガがそれらを容易く防いでみせたことに、ラディは違和感を持つ。

「じゃあ、これでどうですか？」

蔓が効かないというのなら、別の攻撃だ。

最初のオーガをドロドロに溶かして殺した、凶悪な酸の液体を吐き出す植物。

蔓でオーガの進む道を誘導して、そこに吐き出させる。

流石のオーガも避けることができず、酸が直撃して今度こそ止まるかと思いきや……。

「はぁっ!?」

ラディは目を見開く。

何とオーガは酸の液体を避けられないと悟ると、腕を前に出して受け止めたのだ。

こん棒の持っていない腕を犠牲にして、なおもラディに迫っていく。

これには、流石のラデディも驚愕の声を上げる。

ユウトたちにとってはそこらの雑魚と何ら変わらないはずの魔物。

それが、最初の一撃で殺すつもりであったのに回避され、さらに第二撃も避けてしまったのだ。

「ちょっ……!? マズイです……っ!!」

ラデディは冷や汗を頬に垂らす。

もし、『救世の軍勢《イェルクチラ》』の面々と戦うときのように最初から全力状態だったら、この異常事態にも簡単に対処できただろう。

しかし、相手がオーガでしかも手負いということもあり、簡単に言えば、相手を舐め腐っていたラデディはこの緊急事態に手を回すことができなかった。

「ララはどうでもいいですけど、マスターは……っ!!」

赤い皮膚を怒りと興奮でさらに真っ赤にして襲い掛かってくるオーガを見ても、ラデディの心配は自分の身ではなくマスターのことだった。

だが、幸いなことにオーガの目には自分しか映っていないようで、マスターの方はチラリとも見ることはなかった。

ということは、ラデディのするべきことはただ一つ、この生意気なオーガを殺すことだけだった。

……だったのだが。

「…………あ」

マスターの方ばかりを見ていたせいで、オーガの接近に気づくのが遅れてしまった。

すでに、はるか眼下からニヤっと口角を上げてぎらついた牙を見せ、笑みを向けるオーガがこん棒を振りかぶっていた。

「……普通のオーガがこんなに強ぇはずねーですもんね」

ララディは達観した表情を浮かべていた。

普通のオーガなら、他のオーガともども棘によって命を落としているだろう。

あのオーガだけ……ということになれば、ララディにはあの魔物の背後にいる者が分かってしまった。

「赤髪モジャモジャ乳牛女《クーリン》……ちょっと挑発しすぎたですか？」

「ゴァアアアアアアアアアアアッ!!」

軽く後悔したララディの乗る植物の茎に、オーガのこん棒が叩き付けられたのであった。

マスターの力

ズドン！　という爆発が起きたかのような音と衝撃が発生する。

『救世の軍勢《イエルクチラ》』の面々と殺し合いをする時なら別だが、大して力を入れて召喚しなかった植物は、オーガの一撃であっさりと折れてしまった。

植物の頂点にいたラディも、空中へと投げ出されてしまう。

「あー……やらかしちまったですね……」

オーガに……というよりも、『オーガを操っている見知った者』に怒りをぶつけていたラディであったが、今は酷く穏やかな気分であった。

それは、諦めという極致に達したからである。

アルラウネという種族上、彼女は自分の脚を自由に動かすことが苦手だ。

そもそも、マスターと出会って拾ってもらわなければ、今も森の片隅でボーっと地面から生えていただけだっただろう。

多くのアルラウネは――個体数は非常に少ないが――地面から抜き出て、自身の脚で歩いたり走ったりはしないため、脚の能力は退化していると言ってもいい。

非常に特異なアルラウネであるラディも、その点は変わりない。

「ガァァァ……」

「うわ……キモイです……」

頭から地面に向かって落下しながらも、下で待ち構えるオーガを見る余裕はあった。

よだれを垂らして、ようやく憎い獲物を殺せると歓喜している表情だ。

そんなオーガを見て、ラディのテンションは著しく下がる。

今から植物を出してオーガを攻撃できなくもないが、アルラウネが強力な力を使えるのは『地面に脚がちゃんと付いている時』である。

色々とぶっ飛んでいるメンバーが集まる『救世の軍勢《イエルクチラ》』の一員らしく、たとえ地面に脚をつけていなくてもある程度の力は使えるララディ。

普通のオーガであれば、それでも十分だっただろう。

だが、下で待ち構えている、どこぞの牛乳女《うしちち》に操られているオーガは、普通のオーガではない。

おそらく、植物を出して攻撃を仕掛けても、難なくあしらわれてしまうだろう。

「はぁ……面倒です……」

だから、ララディは諦めることにした。

もはや、何の抵抗もするつもりはない。

あれが性欲旺盛でどんな種族であろうと襲い掛かる低俗な魔物であれば、とっておきの技や必殺技などを連発して抵抗するだろうが、オーガはただ獲物を殺すだけしか能のない魔物だ。

「まあ、『予備』はちゃんと用意しているですし、一度死ぬくらいはいいですか」

ララディは自分にしかわからない言葉を呟く。

空中に放り出されて、絶賛落下中の彼女の言葉を聞く者は誰もいなかったが、聞いたとしてもちんぷんかんぷんだっただろう。

アルラウネは魔族といえど、不死の生物ではないため、一度死ねば生き返れない。

だが、ララディの口ぶりだとまるで命のストックを持っているようで……。

「あ、もうすぐですね」

ふわふわの緑髪をたなびかせながら、興味なさそうにオーガを見る。

オーガはすでにこん棒を振りかぶっており、届く範囲までララディが落ちてきたら全力で振りぬくつもりだろう。

そんなことを予想しながら、ララディはそっと目を瞑った。

…………。

「────はれ？」

身構えていた痛みが全く来ない。

代わりに、とても安心する暖かい感触といつまでも吸っていたくなるような匂い。

そして、これらはララディにとって、とても身近なものだった。

何故なら、この暖かさと匂いは、いつも甘えて抱き着くときに感じるものだったからだ。

「ま、マスター……!?」

ララディは、自分がマスターに抱きかかえられているのを初めて自覚した。

お姫様抱っこで、小柄なララディはすっぽりとマスターの腕の中に収まっている。

マスターはララディを抱えたまま、文字通り飛んでいた。

「グルァッ!?」

「嘘っ!?」

ララディを待ち構えていたオーガどころか、マホすらも驚愕した様子でマスターとララディを見上げていた。

――――大丈夫かい？


「あ……」

しかし、次の言葉でララディは頭の中が真っ白になってしまった。

マスターが腕の中で小さくなっている彼女に、優しく微笑みかけて聞いてくる。

その澄《す》んだ碧眼《へきがん》に覗きこまれ、ララディは緑色の肌をボフッと真っ赤にした。

危機に瀕したお姫様《ララディ》を華麗に助ける王子様《マスター》の姿は、まるで童話の一部のようだった。

「あ、あわわ……」

現在、アルラウネ形態となっているララディは、身体に何も纏っていない。

うっすらと緑がかった肌は、ほとんどさらしてしまっている。

非常に慎ましいながらも確かな膨らみを見せる胸部。

引っ込んでいるわけでもなく、醜く突き出しているわけでもなく、子供のようななだらかな曲線を描くお腹。

乳房やお腹と違って、プリッと小ぶりながらも張りがあり、確かに女であることを強烈に訴えかけてくるお尻。

そのすべてが、今マスターの前にさらされているのである。

「ちょ、ちょっと待ってほしいです……！　見てほしいですが、もっと覚悟を決めてから……！」

マスターが首を傾げる中、ララディは「キャーッ！」と顔をマスターに押し付けて照れる。

恥ずかしがっているくせに、その小さな手はキュッとマスターの服を握って離さない。

今更何を恥ずかしがっているのかと言われても仕方ないが、ラディにとって非常にキュンキュンとすることをされたら、強烈に女が出てきてもおかしくないだろう。

「あふっ……もう、終わりですか……」

マスターとラディの空の旅は終わりを告げる。

残念そうにラディは言うが、マスターのお姫様抱っこから一向に降りようとしない。

むしろ、マスターの首に腕を回して絶対に下りないアピールをしている。

「ガァァァァァァァァァッ!!」

オーガはラディを抱えて降り立ったマスターに対して、怒りの咆哮を上げる。

ようやく獲物をこの手で始末できると思ったら、思いもよらない邪魔が入ってしまった。

かくなるうえは、マスターごとラディを殺そう。

そう思っていたオーガであったが……。

『あんた、もしマスターに手を出そうとしたら、殺すから』

「ッ!?」

スッと自分の脳内でそんな言葉が聞こえてきた。

オーガはその声にガクガクと震える。

自分より強い者に恐怖を抱くのは、生物として当然である。

ラディはもちろんオーガより強いのだが、今は『あの赤髪女』に操られて恐怖心を減らされているため、彼女には立ち向かうことができた。

「ゴァァァァァァァァァァッ!!」

オーガは猛然とマスターとララディに向かって走り出した。

だが、攻撃対象にはマスターは入っておらず、ララディだけである。

脳内の声に、オーガは屈したのであった。

どうやら、その判断は正しかったらしく、殺されるどころか、むしろ身体の調子がよくなっている。

声の主も認めているのだろう。

ならば、ララディを殺すまでだ。

「マスター、大丈夫ですよ。マスターに抱かれて幸せいっぱいのララは、もう誰にも負けないです。ここは安心して、ララを抱いていてほし――――マスター？」

マスターの暖かさと匂い、さらにお姫様抱っこという役得な展開を存分に堪能したララディは、今まで使った魔力を全回復させていた。

いったい、どういう原理でそうなったのかは謎である。

もし、本当の学者が『マスターから受け取った愛のおかげで回復しました！』なんて聞いたら失笑するに違いない。

自信満々な顔を浮かべていたララディは、マスターにチョンと唇の上に指を置かれて黙り込む。

ドキドキと薄い胸を打ち鳴らす心臓を感じながらマスターを見上げると、ニッコリと微笑んで、ここは任せろと力強い言葉を聞く。

「はぅぅぅぅ……っ!!」

マスターの腕の中で、不自然に身体をビクビクとさせるラディ。

マスターがすでに彼女から目を外し、迫りくるオーガを見ていたことは幸いだっただろう。

「ガァアアアアアアアアッ!!」

邪魔だとばかりに吠えるオーガ。

ユウトやマホであればその声に身体をすくめてしまうほどの声量であったが、マスターは穏やかに微笑んでいるだけである。

そして、オーガに手のひらを向けると、そこからとてつもない熱量と爆風を放ったのであった。

「……え?」

それは、誰の言葉だっただろうか。

ユウトやマホもポカンと目と口を開けているし、彼らよりはるかにマスターと長い間過ごしてきたラディですら目を見開いている。

そんな反応の中、オーガは身体をプスプスと焦がしながらもなんとか意識を保っていた。

あいつは危険だ。

ラディを殺そうとすると、必ずマスターを殺さなければならない。

先ほどの声はマスターを殺すなと伝えてきていたが、オーガはマスターを殺すことを決意した。

『……？……ッ!?』

どうやら、オーガに話しかけてきた声も酷く混乱しているようだ。

今なら、いける。

「ゴァアアアアアアアアアアッ!!」

獰猛な咆哮を上げて、空中で姿勢を変える。

そして、見事地面に着地して、いざマスターに襲い掛かろうとすると……。

「ガッ……!?」

また、オーガを襲う爆発。

ドン！　と、空間そのものが爆発してしまったのかと思うほどの音と衝撃がオーガを襲う。

地面に崩れ落ちそうになるオーガを、木々の枝が伸びて腕に絡みつき、まるで十字架に張り付けるように縛り上げる。

「ララの……!?」

植物を操るのは自分の特権だとばかり思っていたラランディ。

それを、マスターはあっさりと覆してしまった。

信じられないと見上げてくるラランディに、マスターは苦笑しながら土を槍に変形させる。

その数は五本。

それらが、一斉にオーガに向かって飛び出した。

「ギャアアアアアアアアアッ!!」

聖剣の攻撃すら防いだオーガの硬い皮膚に、次々と土の槍が突き刺さる。

断末魔の叫びをあげて、猛威を振るったオーガは動かなくなったのであった。

帰還

ふぅ……と僕は息を吐く。

久しぶりの戦闘をしてみたけれども、何とかうまくいったようだ。

少し特異な様子だったオーガと戦うのは緊張したけれど……ラディを背にして格好悪いところを見せるわけにはいかなかったからね。

「マスター！　助けてくれてありがとうです！　まるで、ヒーローみたいで格好良かったです！」

ララディが抱き着いてくる。

そのふわふわの髪を撫でながら、僕は苦笑する。

ヒーローかぁ……闇ギルドのマスターには似合わない評価だね。

さて、と僕はマホとユウトを見る。

彼らは、これからどうするのだろうか？

メアリーとロングマンという仲間を二人失った勇者パーティーは、これから……。

出来れば、敵にはなってほしくないけれども。

「僕は……何のために戦うべきなのか、少し考えたくなりました。勇者は一時止めて、ゆっくり考えたいと思います」

無理をしながらも笑うユウト。

この子は、仲間意識が強そうだったからね。

幸い、僕たちに襲い掛かるようなことはないみたいだけれども、精神的なダメージは大きかったのだろう。

僕は頷いて、次にマホを見る。

「私はもう勇者パーティーはしないわ。私を殺そうとした王国に、これ以上尽くそうとは思わないもの」

なるほど、まあ、それが普通だろうね。

でも、これからはどうするのだろうか？

まあ、冒険者になるのであれば、マホの実力なら大体どこのギルドにも入ることができるだろうけれど。

「そうねぇ……それだったら、マスターのギルドに入れても――――」

「――――ダメです」

流し目で、少し冗談っぽく言おうとしていたマホの言葉を遮り、ララディがバツ印を作りながら拒絶した。

そ、即答……。

「……何であんたに言われないといけないのかしら？　決めるのはマスターでしょ？」

「マスターが決めるまでもないということですよ、馬鹿魔法使い」

「は？」

にらみ合いが勃発した。

マホは笑っているが明らかに心の中は怒っているし、ラディは嘲笑を浮かべる。

こ、この空気は嫌だ……。

僕は助けを求めるように、チラリとユウトを見る。

「はは……。まあ、できるのであれば、元の世界に戻りたいんでしょうけどね。マホはずっと言っていましたから」

苦笑いしながら言うユウト。

……ああ、そうだった。あの見張りの時も、そんなことを言っていたね。

その時に言えなかったんだけれど、それって僕の力でできるんだよね。今言えてよかった。

『………』

僕がぽつりと呟くと、三人はポカンとして僕を見てくる。

ラディとマホなどは頬を引っ張り合った状態で固まっている。

え、ちょっと怖い……。

「そ、そんなことできるんですか⁉」

「何で言ってくれなかったの⁉」

ユウトとマホが一斉に詰め寄ってくる。

お、おぉ……圧が凄い……。

ユウトの質問に関しては頷いて、できることを伝える。

マホに関しては、言うべきタイミングを逸したと伝えておく。

異世界転移なら、少し……いや、随分と前に『あの子』を戻そうとするために色々と研究したからね。可能だ。

「やったぁぁっ!!」

「…………」

大喜びするユウト。落ち込んでいたようだったから、元気になってくれてなによりだ。

その一方、マホは少し複雑そうだ。

帰りたいけど、帰りたくない。そんな感じだろうか?

勝手に気持ちを推察した僕は、彼女に赤い宝石の付いたペンダントを渡す。

「え……これって……?」

そのペンダントには、魔法という概念がない世界でも魔法を使うことができるようになるという能力がある。

さらに、魔力量の増大やら魔法の効率化など、色々便利な機能が盛りだくさん。

マホは魔法の才能があるから、訓練さえ繰り返せば異世界転移の魔法はいつか必ず習得できるだろう。

君のことは、そのペンダントが助けてくれるはずだから、もし戻ってきたくなったら戻っておいでよ。

どうせ、僕は死んでないだろうし。

「……うん！」

ニッコリと微笑むマホに、僕も笑顔になる。

◆

僕の前には、異世界に戻るマホとユウトが立っていた。

彼らと過ごした時間は非常に短いものだったが、ずっと忘れることはないだろう。起きたことが濃すぎるし。

それぞれの顔をじっと見て、別れを惜しんでから魔法を行使しようとして……。

「ちょっとお待ちいただいてよろしいですかぁ？」

そんな、のんびりとした声が届いたのであった。

振り向くと、ニコニコ笑いながらこちらに歩いてくる修道服を着た女性――アナトの姿があった。

「げぇっ!?　どうしてお前がここにいるですか、アナト！」

ラディは驚きと嫌悪感が半々に混じった声を出す。

アナトは、ラディの質問を華麗に無視して、僕の前にやってくるのであった。

「あぁ……お久しぶりですぅ、マスター。この長い時ぃ、マスターと逢えずに寂しかったですぅ。慰めてください～」

そう言って、アナトは僕の顔を自分の胸に押し付ける。

結果、僕は豊満な胸に挟まれて、窒息死《ちっそくし》の危機にさらされるのであった。

「オーガを簡単に殺したマスター、恰好よかったですわぁ。胸はドキドキするしぃ、身体は熱くなるしぃ」

アナトが何やら言っているようだが、すっぽりと顔が埋まっているのでほとんど聞こえない。

し、死ぬ……っ！　ストップ、アナト！

「あぁっ！　マスターの熱い吐息を感じますわぁ」

しかし、僕の意思はまったく彼女に通じず、アナトは艶っぽい声を出すとさらに力強く僕の顔を胸に押し付けるのであった。

これは、もうダメみたい……。

まあ、娘みたいに思っている子に殺されるのなら本望かな……。

死因が、豊満な胸に挟まれて窒息死というのは、これ以上ないくらい格好悪いけれど……。

「おらぁっ!!」

「あんっ」

幸いなことに、その一歩手前でラディが僕の身体を引っ張り出してくれた。

ありがとう。マホにペンダントをあげた後、さっさと死んでしまうところだった。

「何しに来たですか、お前！　こんなことをするつもりだったら、殺すですよ!!」

ギルドメンバーに殺す宣言はどうだろうか、ララディ。

「マスターを胸に抱きしめるためぇ……ということもあるけれどぉ、私の目的はマホちゃんを勧誘することよぉ」

「えっ、私⁉……勧誘って、なに？」

いきなり名前を呼ばれて狼狽するマホ。

そんな彼女に、アナトは近寄って行く。

無垢な草食動物ににじり寄って行く肉食動物の姿に見えるんだけれど。

アナトはニッコリと僕に微笑みかける。

……おかしいな。不安しか湧いてこないぞ？

そんな僕を差し置き、アナトとマホはこそこそと話しあう。

しばらくすると、アナトが離れて話しかける。

「さあ！　あなたが元の世界に帰ったらぁ、やらなきゃいけないことは何かしらぁ？」

「はい！　マスター教を世界中に広めることです！」

アナトの問いかけに、マホは目をぐるぐると回して、元気よく手を挙げて答えていた。

せ、洗脳されている⁉　あの短時間に、一体何があったんだ⁉

……ま、まあ、でもマホは異世界に帰るわけだし。

また戻ってきてくれた時に、正気に戻っていてくれたらいいよね。

というわけで、ユウト。後は任せたよ。

「ぼ、僕ですか⁉」

鮮やかなアナトの洗脳過程を見て顔を青ざめていたユウトは、僕を見て信じられないと驚くのであった。

◆

「……お世話になりました」

「またね、マスター！　今度は私から逢いに来るわ！　異世界転移の魔法が使えるようになる前に、精一杯マスター教を全世界に知らしめるわ！　武力も辞さずに！」

ユウトとマホは、そのような言葉をそれぞれ残して転移していった。

マホの言葉が不穏すぎてシャレにならないのだが、まあそのあたりはユウトがどうにかするだろう。

さすがに、異世界のことは知らない。マスター教は間違いなく邪教扱いされるだろうけれど、知らない。

申し訳ないけれど、ユウトに頑張ってもらおう。

「さてぇ、帰りましょうかぁ。皆、マスターが不在で寂しがっていましたよぉ」

「くっ……！　これで、ララの至福の時間は終了ですか……」

ララが悔しげに地団駄を踏んでいる横で、アナトが僕を誘う。

そうか。心配をかけちゃっただろうし、謝らないとね。

鉄壁マスター

ララディはドキドキと高鳴る胸を押さえつけながら、とある扉の前に立っていた。

そこは、『救世の軍勢《イエルクチラ》』のギルド本部で最も重要な場所であり、ララディにとって必ず守らなければならない場所である。

そこは、マスターの部屋であった。

彼はギルドマスターとしての仕事を行う執務室と私室を分けるということはせず、すべてこの部屋で処理をしている。

だからこそ、ララディは夜遅くここに立っているのだ。

震える手でコンコンとノックをすると、すぐに柔らかくて穏やかな声が聞こえてくる。

聞くだけで幸せになるような、マスターの声だった。

「ら、ララです。入ってもいいですか？」

上ずる声を何とか押さえつけて聞くと、了承の言葉が返ってくる。

優しいマスターが自分のことを拒否するはずがないと知ってはいるが、緊張しないというわけではない。

受け入れられ、すでに嬉しさのあまり紋章の入った頬を真っ赤にするララディは、ゆっくりと扉を開いた。

「マスター……」

部屋に入ると、今も自分たちのために仕事をしていたのか、執務を行う机の前に座ってララディを柔らかい笑顔で迎えてくれた。

ララディはそのことに嬉しさを覚えながら、後ろ手に扉を閉めて、ちょこっと植物で弄《いじ》る。

鍵穴にぎっちりと細い植物が詰め込まれているので、この扉を開けることはもうできないだろう。

それは、いつ乱入してくるかわからないギルドメンバーを警戒してのこともあるが、マスターと二人きりになるために彼を閉じ込めるということに、ちょっとした快感を得ていたこともある。

何かと監禁癖のあるララディである。

マスターを一日以上ギルドから連れ出したとして『救世の軍勢《イエルクチラ》』メンバー全員から警戒されているため、実現は不可能だが……。

これくらいのプチ監禁なら、可能なのである。

「(それに、マスターの力を見たら簡単に閉じ込められるわけもないですしね)」

ララディは今日、改めてマスターの偉大さを再認識した。

長い間現場仕事から離れていたマスターは、今思うと非常に不敬ながら戦闘力が衰退しているのではないかと、ララディは考えていた。

今もギルドの仕事を受けて超危険種である魔物を討伐したり、『救世の軍勢《イエルクチラ》』メンバーと殺し合いをしたりしている自分よりも劣っていると思っていた。

だが、それは笑ってしまうほど清々しい勘違いだった。

マスターは、ララディがくだらない心配をする必要がないほど強かった。

あの赤髪乳女《クーリン》の支配があり、ララディ自身が油断していたとはいえ彼女を追いこんだオーガを、あっさりと殺してしまった。

そんなマスターが本気になって監禁場所から逃げ出そうとしたら、おそらく怪我をさせずに止めることはできないだろう。

そもそも、マスターが嫌がるのであれば絶対にしないのだが。

思考にふけっているララディに、マスターがどうかしたかと優しく問いかけてきてくれる。

「あ、その……ね、眠れなくなってしまったです……。だから、一緒に寝てほしいです……」

枕をギュっと抱きしめ、甘えるようにマスターを見上げるララディ。

すでに、マスターが今日やるべき執務を終えていることは知っている。

今までやっていたのは、おそらく明日や明後日にでも終わらせればいいはずだ。

マスターにプレゼントして部屋に飾られてあるきれいな花から、そういった情報を抜き出しているララディ。

「ね、お願いです、マスター……」

うーんと渋るマスターに畳み掛ける。

ララディは確かに一緒に寝たいが、それは気持ちの九割ほどだ。

残りの一割は、ワーカーホリック気味のマスターを心配して休んでほしいという気持ちがある。

ただ、『救世の軍勢《イエルクチラ》』のメンバー全員に言えることだが、基本的に自分の欲望を最優先するのである。

「わぁっ。ありがとうです、マスター！」

娘のように思っているラディからおねだりされれば、断れるはずもない。

マスターは苦笑しながら、彼女のおねだりを受け入れたのであった。

ラディは『昔ほど苦ではなくなったのにもかかわらず』、わざとよちよちと歩いてマスターの元に歩いて行く。

こうすれば、優しいマスターは自分を構ってくれると知っているから、もっとスムーズに歩けるようになっても、よちよち歩きを継続しているのだった。

「きゃっ⁉」

そのもくろみ通り、マスターは彼女を抱き上げてベッドまで運んでくれた。

あのオーガとの戦いを思い出す。

お姫様抱っこをされて、マスターが自分のために戦ってくれた。

あの時見上げたマスターの顔ほど、格好良いものは見たことがない。

「あふ……」

あの時のことを思いだし、紋章が入った頬を紅く染めるララディ。

ベッドの上に乗せられると、柔らかい感触とマスターの匂いに包まれた。

「んー……疲れたですぅ……（んふぅぅぅぅっ！）」

クルリと身体をうつぶせにして、マスターの使う枕に顔を埋めて深呼吸するラライディ。

もちろん、マスターにばれたら変態扱いされかねないので、ゴロゴロとしているふりをしつつ、マスターの匂いを堪能する。

「ささ、マスター。早く一緒に寝るです」

枕からの匂いもかなりいいものだが、やはり本体から発せられる匂いの方がいい。

そう判断したラライディは、布団をめくってポンポンと隣をしきりに叩く。

そんな彼女に苦笑しながら、マスターはベッドに入ってきた。

「むふふー」

隣に入ってきたマスターに、ラライディは早速抱き着く。

ギュウウウッとか細い腕で力強く抱き着き、凹凸の少ない身体を押し付ける。

細い脚もしっかりと絡ませ、そうそう抜け出せなくなる。

「やっぱり、マスターは暖かいです」

それは、肉体的な暖かさもあるが、精神的な面の方が大きかった。

マスターの笑顔を見るだけでラライディも笑顔になり、マスターに抱き着くだけでラライディの情欲が激しく刺激される。

そうすると、またマスターに対する監禁欲がくすぶり始めるのだ。

「今日のマスター、格好良かったです。ララを守って、オーガに立ち向かってくれて……」

ラライディはマスターにギュッと抱き着きながら、甘えるように身体をゆする。

マスターは守るべき存在だとばかり思っていたララディ。

それは、大きな勘違いであった。

むしろ、ララディが守ってもらい、強い幸福感を得たのであった。

「マスターの男らしいところを見て、ララは……ララはもう……！」

――――辛抱たまらねえです！

ララディはガバッと顔を上げて、マスターを見る。

その顔はドロドロに蕩《とろ》けていて、幼い容姿の彼女からは考えられないほどの強烈な色気を放っていた。

よだれが垂れそうになっているし、胸も張って少々痛い。

下腹部に熱を持ち、ギュッとすがるようにマスターの服を握る。

「（いくら手を出さない鋼の理性を持つマスターといえど、男！　そして、ララは特殊需要がありそうな美ロリ！　迫ったらいけるはず……です！）」

うへへへへっと盛大に悶えながら考えるララディ。

最悪、マスターに媚薬《びやく》の効果がある花粉をぶちまけてしまえばいいのだ。

そうすれば、獣のようにララディを貪ってくれることだろう。

時間もあまりない。

そろそろ、『救世の軍勢《イエルクチラ》』のメンバーが異変に気づいて強行突破してくる可能性だってある。

初めては二人きりでイチャイチャと過ごしたいが、見せつけて絶望させてやるのも、まあ乙なものである。

「えい！」

ララディは本当に脚が不自由なのかと疑うほど俊敏に動き、マスターの上に脚を広げて乗りかかる。

小ぶりなお尻を落ち着けた場所は、意識して下腹部のあたり。

大きく開いた脚のせいで、下着が見えてしまっているかもしれないが、それでマスターが興奮してくれるというのなら是非もなし。

「マスター……」

マスターのお腹に手を乗せて、妖艶に微笑んで彼を見下ろすララディ。

ふわっと柔らかい緑色の髪が揺れて、幻想的な光景を作り出す。

マスターのお腹は意外と引き締まっていて、その硬さに男を感じる。

男なら誰もが食いついてしまうような、アルラウネのお誘い。

ララディの種族は、この幼い妖艶さと花粉を駆使して男を引きずり込んでいくのだ。

マスターもまた、引きずられ……はしなかった。

「わぷっ⁉」

彼は盛大に苦笑しながら、ララディの頭を掴んで自分の胸板に押し付けた。

せっかく作りだした色気たっぷりの雰囲気が台無しである。

「ま、マスター！　今は違うです！　嬉しいですけど！」

わたわたと手を暴れさせて抗議するラランディであったが、決して逃げ出そうとはしなかった。マスターの抱擁と匂いは、逃げ出すにはあまりにも惜しかったのである。

「あ……」

そして、宥《なだ》めるように頭をポフポフと柔らかく叩かれる。

その規則的で優しい手つきに、ララディの情欲が一気に鎮火されていく。

代わりに、心を支配したのは安心感だった。

胸板に押し付けられた耳に、マスターの規則的な心音が聞こえてくる。

そのドクドクとした音が、ララディに不思議な安堵をもたらした。

「(あ、まずいです。安心したら……眠たく……)」

瞼がスッと落ちてきたことを感じるララディ。

今日と昨日は、ララディにとってもかなり大きな出来事があったので、身体的にはそうでもなくても精神的には少し疲労していたのかもしれない。

それが、マスターによって与えられた安心感のせいで、決壊して一気に睡魔が襲ってきたのだろう。

「(あぁ……せっかくのチャンスが……)」

ララディは半分意識が飛びながら、そんなことを考えた。

この二日間、うまく『救世の軍勢《イエルクチラ》』の面々を出し抜いてマスターを独り占めにできた。

だが、おそらくこれからは、そううまくはいかないだろう。

次に二人きりとなれるときは、いつになるかはわからない。

だからこそ、今のうちにマスターを自分のものにしようとこの部屋を訪れたのだが……。

「む、無念……です……」

最後にそんな悔しそうな声を残して、ラランディは夢の世界に旅立って行った。

マスターはそんな彼女の頭を優しく撫でながら、苦笑していた。

ラランディを沈黙させるために、睡眠を促す魔法を使ったことは彼だけの秘密である。

帰還した勇者たち

「う、ん……」

マホはゆっくりと目を開ける。

つい先ほどマスターに異世界転移の魔法をかけてもらい、元の世界に戻ろうということになった。

マスターと離れたくなかったマホは少々悩んだが、彼の後押しもあって家族と再会することを選択した。

異世界転移の魔法は、成功したのだろうか？

恐る恐る目を開くと、そこには見慣れた……しかし、異世界に召喚されてからは全く見ることができなくなっていた鉄の車が、大きな音と排気ガスを撒き散らしながら行き交っていた。

そんな光景を見ても普通なら誰も喜ばないのだが、帰って来られたことを実感したマホに与えた喜びは非常に大きなものだった。

「帰って……こられた……」

車を見て、これだけ嬉しいと思ったことはあっただろうか？

彼女の目には、うっすらと涙が溜まっていた。

「ほ、本当に戻ってきたのか……？」

声に誘われてそちらを見ると、呆然としながら突っ立っているユウトがいた。

同じく異世界に強制召喚された、かつては勇者だった少年である。

どちらかが転移に失敗したということもなく、マスターは無事二人を転移させることに成功していた。

マホの中は、マスターに対する深い感謝の念が満ちる。

「やったぁぁぁぁぁっ!!」

ユウトは感動のあまり、両腕を広げてマホを抱きしめる仕草をする。

勇者として立派に務めを果たしていた彼だったが、やはりまだ年端もいかない少年。

戦いのない平和な国に戻って来られて、気分が高揚していた。

その昂《たかぶ》りは、勇者パーティーということで女に手を出しまくっていたロングマンとは違い、決してみだりに女性に手を出そうとしなかったユウトを、こんな奇行に駆り立てるほどのものだった。

「それはダメ」

しかし、マホはするりと身体をひねって、それを避けてしまう。

「元の世界に戻って来られて嬉しいのは分かるし、気持ちは一緒だけど、それはダメよ」

「そ、そうだね。ごめんね」

キッと睨みつけてくるマホに、ユウトは慌てて謝る。

確かに、いくら嬉しいとはいっても、恋人でもない女の子に無理やり抱き着くというのは、よろしくない行為だろう。

しかし、マホが避けたのはまた別の理由だった。

「デリカシーに欠けることをしようとしてごめんね？　僕に抱き着かれたら嫌だよね？」

「……ん？　違うわよ。ユウトが特別嫌とか、そういうことじゃないわ」

何を言っているのかわからないといった様子のマホだが、ユウトも分からない。

二人揃って仲良く首を傾げる。

ユウトが理由を理解してくれていないことを知ったマホは、当たり前のことを彼に教えてあげることにした。

「だって、もう私はマスター教のシスターなんだもの」

「――――え？」

マホの言葉に、ユウトが身体を固める。

「マスター教のシスターは、マスターに全てを捧げなければいけないの。それは、信仰心もそうだけど、もちろんそれ以外の精神的なものも身体的なものも全てよ。身も心も、マスターにお渡しするの。だから、マスターの許可なく他の男と抱き合うなんてできないわ」

「ま、マホさん……?」

マホの目はどんよりと鈍く光り、ドロドロに溶けてしまっていた。

二人が送還された場所は午前の穏やかな公園だったのだが、そのど真ん中でマホの発する非常に濃い瘴気のせいで、遊んでいた子供たちが逃げ出す。

このままでは警察が飛んできかねないので、彼女をどうにかして元に戻そうと名前を呼びかけるユウトであったが、マホは当然止まらない。

「さあ、私の忙しい毎日が始まるわ！　早く、世界中にマスター教を広めないと！」

「ちょ、ちょっと待った！」

今にも駆け出そうとするお目目グルグル状態のマホを呼び止める。

呼び止められて彼女はとても煩わしそうにユウトを見るが、このまま行かせてしまってはなにをしでかすかわからない。

嫌々ではあるが、一応マスターに任せられたので、マホを止めなければならないという使命感があるユウト。

しかし、マホにはマスターからどこでも魔法を扱うことのできるペンダントをもらっている。

ユウトにも聖剣があるが、この世界でファンタジー全開の武器は使えるだろうか?

まだ、それが分かっていないため、力で抑え込むことはできない。

むしろ、下手なことを言えば逆に殺される。

冷や汗をダラダラと流しながらも、ユウトは落ち着かせるための言葉を発する。

「ほら、まずは家族に会いに行かないと。皆、マホのことを心配しているだろうからさ」

「家族……」

マホの目に理性的な光が少し戻るのを見て、心の中でガッツポーズをするユウト。

自分とロングマンを含めて、異世界に召喚された者の中で最も元の世界に戻りたがり、家族に会いたがっていたのは彼女だ。

「……そうね。まずは、家族よね」

「そうだよ！　君の言う通りだ！」

ようやく、マホに自分の言葉が届いた。

これで、めちゃくちゃなことを言って世界中の宗教に喧嘩を売るような真似はするまい。

ユウトはホッと安堵のため息を吐く。

アナト一歩手前までいっていたマホが、普通の女の子に戻った――――。

「まずは、家族をマスター教の信者にしないとね！」

「……え？」

グッと拳を強く握りしめ、目を危ない雰囲気を漂わせる嫌な光でギラギラとさせるマホ。

残念。ユウトの言葉は微塵も届いていなかった。

「ありがとう、ユウト。まず、家族くらい改宗させないと、世界をマスター教一色に染めることなんてできないわよね。教えてくれて、助かったわ」

「いや、そんなことは教えていないけど⁉」

「最悪、言うことを聞いてくれなかったら魔法を使うわ」

「家族に⁉　というか、マスターってそういうことのためにペンダントを渡したんじゃないよね⁉」

決意を固めるマホに、ユウトはもはや自分の言葉が絶対に届くことはないことを悟った。

マホは、アナトにバッチリ洗脳されていた。

もうダメだ。マスターには悪いけど、マホを止めることはできない。

諦めて天を仰ぎ、異世界にいるマスターに謝罪するユウト。

そんな彼の腕を、ガシッと握りしめるマホ。

「さあ、行くわよユウト！」

「え？　どうして僕を連れて行こうとするの？」

「何を言っているのよ。あなたはマスター教の武装信者じゃない」

「武装信者⁉　何それ、初めて聞くよ⁉」

「まずは、日本からにしましょう！　宗教に比較的寛容だから、うまくいくはずよ！」

「やめて！　うまくいかないでぇぇぇぇっ‼」

マホに引きずられながら、ユウトの悲鳴が空まで届くのであった。

もう一つの闇ギルド

「くそっ！　また失敗かっ!!」

報告を受けた男は、苛立たしげに机をたたく。

その報告の内容とは、闇ギルド『救世の軍勢《イエルクチラ》』討伐の失敗と、討伐隊の全滅。

そして、勇者パーティーの壊滅だった。

「くそっ！　ロングマンめ、使えないやつだ！　あいつだけ死ぬのならまだしも、勇者パーティー全員を道連れにするなど……ふざけおって!!」

男はこの世界に召喚され、勇者パーティーの前衛を勤めていた男――ロングマンを思い出す。

確かに、『救世の軍勢《イエルクチラ》』のことをほのめかしたのは彼だったが、まさか盛大な自爆をするとは思いもよらなかった。

「あひゃひゃっ！　そりゃあ、相手は王国やギルドから超危険視されている、おっかねえ闇ギルドですよ。雑魚がいくら寄ってたかったって、ボコボコにされるだけですわ」

「黙れ!!」

生理的に受け付けないような笑い声をあげて、怒る男に話しかける男がいた。

彼は机をたたいた男を心配するどころか、その反応を面白そうに見ていた。

怒鳴られても、彼の言葉は止まらない。

「グレーギルドのメンバーが死んだことは押しつぶせるし、王国騎士もあなたの派閥だから大丈夫でしょう。でもぉ、勇者パーティーはだめっすねぇ。あれは、あなたじゃなくて王国の駒だった。王様がいくら馬鹿といっても、これに対して処罰なしとはいかないでしょうねぇ。いくら、あなたが王子様といっても」

「黙れと言っている!!」

ギロッと鋭い眼光で睨みつけられても、男はヘラヘラと笑っている。

髪をガシガシとかきながら激怒する男は、王国の第一王位継承権を持つ王子だった。

「分かっている、分かっているのだ！　私がこのままではマズイことも……っ!!」

「いやいやぁ、そうでもないですって」

「な、なに……!?」

打って変わって、男は王子に希望の光を差し込ませる。

別に、王子がこのまま苦しんでいるのを見て楽しむのもいいが、まだ潰れてもらっては困るのだ。

「今回の件は、適当な奴に押し付けてしまえばいいんすよ。ほら、口うるさい貴族どもがいたじゃないですか」

「そ、そいつらにこの罪を……？」

「そうです！　あなたは王子なんですから、ゴリ押しすれば馬鹿な王様は絶対に気づかないですって。まあ、あの賢い王女様は別でしょうけどね」

男はゲタゲタと下品に笑いながら王子を唆す。

王子は笑い声を不快に思いながらも、その案は受け入れる価値があると感じていた。

「ふん！　奴は所詮、私よりも王位継承権が低い。この王城内では、私の方が力を持っている。奴の疑念など、簡単に押しつぶすことができる」

「おー！　さっすが王子！　下種《げす》いっすね！」

いずれ国のトップとなる者が決して言ってはならないことを言うが、この言葉を聞く者はヘラヘラと笑っている男だけだ。

それに、もしこの男が今の言葉を言い広めたとしても、誰も信じるまい。

この男の職業はギルドに所属する冒険者だが、彼はまったく他人から信用されないのだから。

「そういや、何で王子は『救世の軍勢《イエルクチラ》』を目の仇にしているんですか？　いや、全然こっちはありがたいんすけどね」

あの悪名高い闇ギルドを敵に回しても、男は望むところだと笑う。

その気持ち悪さに軽く身震いしながらも、王子は答えてやる。

「私がお前たちを雇っているように、妹も『救世の軍勢《イエルクチラ》』を囲い込まないとは限らんからな。あのギルドが敵に付けば、面倒極まりない」

「いやー、政治のドロドロって怖いわー！　でも、それだったら『救世の軍勢《イエルクチラ》』を味方に引き込めばいいじゃないっすか」

「そうすると、お前たちが敵対するだろうが」

「いやー！　仰る通り！」

王子は、はあっとため息を吐く。

男は先ほど王子が『救世の軍勢《イエルクチラ》』を目の仇にしていると言っていたが、実際は逆である。

男の方が、『救世の軍勢《イエルクチラ》』を目の仇にしているのだ。

「やっぱり、俺たちの方が強くて冷酷なギルドだからさぁ！」

「国民の間では、表に出てこない『救世の軍勢《イエルクチラ》』よりもお前たちのギルドの方が有名だろう」

「それだけじゃあ、ダメなんですって！　貴族みたいに地位の高い人は、俺たちよりも『救世の軍勢《イエルクチラ》』の方を恐れている奴らが多いでしょ!?　それが、我慢できねえんですよ!!」

ほとんど表の世界に出ず、そう言った知識のない一般国民はその存在すら知らない闇ギルド『救世の軍勢《イエルクチラ》』。

しかし、王国や正規ギルドの上層部は、皆その闇ギルドを恐れている。

それは、『救世の軍勢《イエルクチラ》』のギルドマスターが原因らしいが、詳しいことは上層部でも知っている者はいないのではないかと王子は睨んでいた。

何故なら、誰もそのギルドマスターの脅威を語ろうとしないからである。

おそらく、今よりずっと昔、自分たちの何代も前の人々が、そのギルドマスターの悪意と脅威にさらされていたのだろう。

王国は人類の国なので、当然百年もすれば皆死ぬ。

そのギルドマスターの力を目の当たりにした人はすでにこの世界には存在せず、口伝えで脈々と受け継がれてきた情報しかないのだ。

そのことから、王子は『救世の軍勢《イエルクチラ》』を討伐するのは容易いことだと考えていたが……実際は、何度も送り込まれた討伐隊は全滅である。

「はぁ……。お前がどう思っているかは知らないが、『救世の軍勢《イエルクチラ》』の対処は……」

「それこそ、俺たちの番だろ！　何のために俺たちを雇ったんだよ。鬱陶しい奴らを殺すためでしょ？　じゃあ、今がその時じゃねえですか！」

やはり、予想していた通りの答えを男が言ってくる。

出来れば、避けたい手であった。

しかし、もはや『救世の軍勢《イエルクチラ》』に対抗できるのはこの男たちしかいないだろう。

自分は、必ずこの国の王とならなければならないのだ。

「わかった。お前たちに依頼を出す」

「おぉっ！　さっすが、王子！　もし、断ったりしていたら、あんたを殺していたかもしれねえ！」

とんでもないことを平気でのたまう男。

しかし、王子も慣れたもので平然としている。

そもそも、この男の事情を考えれば、密室で二人きりになっている時点で相当危ないのだから。

さらに付け加えれば、王子も簡単に殺されるような弱者ではないのである。

「闇ギルド『救世の軍勢《イエルクチラ》』の討伐依頼を、お前たち闇ギルド『鉄の女王《アイケーニン》』に出す」

「受け取ったぁっ!!」

王子は慣れた手つきでスラスラと依頼書を書き、男に手渡す。

男は乱暴な手つきでそれを受けとる。

「あひゃひゃひゃ!!　どっちのギルドが本当に強いのかぁ……楽しみだなぁっ!!」

男が不気味な笑い声をあげるのを、王子は不快そうに眺めているのであった。

次の獲物は

「さぁて、ララディの弾劾裁判を始めるわぁ」

「……なんですか、これ？」

『救世の軍勢《イエルクチラ》』のギルド本部。

いつも、定例会議が開かれている食堂の模様替えが行われ、さながら裁判所のような作りへと変わっていた。

被告人席には当然、ララディが縛り付けられていた。

一際高い場所に席を置く裁判長の座る場所には、マスター教シスターであるアナトがニコニコ笑顔で座っていた。

「シュヴァルトぉ、罪状を教えてあげてぇ」

「はい。ララディは自分が楽な仕事をさっさと終えたことをいいことに、絶対防衛対象であるマス

異議なしー!

ターを勝手に外に連れ出した挙句、一日以上連れまわしました。裁判長、死刑を」

「おい、お前の願望が入っているですよ」

アナトに言われて、メイド服を着た褐色の少女が淡々と読み上げる。

ナチュラルに極刑を求めるシュヴァルトに、ラディのツッコミが入る。

「異議なし」

「お前の意見は聞いてねえですよ、リッター」

「異議なしですわ！」

「うるせーです」

少々露出が多い騎士の衣服を着た黒髪の少女、リッターが無表情のまま賛同を示す。

無表情とはいえ、ララディを見る目には苛立たしさと羨望が混じっていた。

それに続いて、真紅のドレスを着たヴァンピールが元気に声を上げる。

どちらも、ララディが鬱陶しそうに反応した。

いつまで、この茶番を続けるのだろうか？

そろそろ面倒になってきたし、巨大な植物でも召喚しようか。

「はぁ……もういいだろ？」

そんな危険な考えをしていたララディを止めるように、凛々しい声が上がる。

頭が痛そうに手を置いて彼女に近づいてくるのは、立派な角が二本生えたリースだった。

「そもそも、最初に仕事を終えた奴がマスターと一緒に過ごせるって決めたのは、私たちじゃないか」

リースはそう言いながら、ララディを縛り付けていた縄を手で軽く引きちぎった。

「（……腕力だけでどうにかなるほど緩く縛られていたわけじゃねーんですけど）」

ララディは助けてもらいながらも、リースの腕力に軽く引いていた。

まあ、彼女は抜け出そうと思えば、いつでも自力で抜け出せていたのだが。

「それに、結果的にララディはマスターへのプレゼントの障害となりそうだった、勇者パーティーを壊滅させたじゃないか。それで、チャラだろ」

リースが周りを見渡して言うと、誰も言い返すことができなかった。

確かに、ララディはマスターとの二人きりデートという許しがたい大罪を犯したが、『救世の軍勢《イエルクチラ》』の監視対象の一つであった『勇者』を処理した。

ただ、マスターにかまけていただけだったら、徹底的に攻撃を仕掛けるところだったのだが、やることはやっているのできつく言うこともできなかった。

そんな反応を見て、ララディはふふんと自慢げに、ない胸を張る。

「っていうか、あんたじゃなくてマスターの力のおかげでしょ？　あんた、最後はオーガなんて雑魚い魔物に追い詰められていたじゃない」

それに対抗するように、豊かな赤い髪と乳房を持つクーリンが胸を張る。

ばるんと信じられない擬音を立てる胸を、殺人鬼の目で睨みつけるララディ。

さらに、ぷふーっとムカつく笑い方をしているクーリンに腹が立つ。

「ふっざけんじゃねーです！　あのオーガ、お前が細工したです！」

「あら、そんなことしていないわよ。証拠でもあるの？」

「そんなこと言っているやつは、大体やっているですよぉぉぉぉっ!!」

ふっと挑発的に笑うクーリンに、ラランディの怒りが天元突破。

両者から凄まじい魔力と殺気が溢れ出し、一触即発の事態である。

よくある事態で慣れているため、他のメンバーは、マスターにばれないように軽く殺気を放って相殺していた。

「ほらほらぁ、こんなところでやり合ったらぁ、マスターにご迷惑がかかるでしょぉ？　他所でやりなさぁい」

アナトがペチペチと手を叩いて言うと、二人は盛大に舌打ちをかましながら座る。

もちろん、ララディとクーリンはアナトの指示に従ったわけではなく、マスターに迷惑がかかるという言葉で鎮静化《ちんせいか》した。

アナトも、別の場所で二人が戦ってどちらかが死ねばいいのに……などとシスターにあるまじきことは考えていない。大丈夫だ。

「で、でも、こ、これでプレゼント大作戦の障害が一つ減ったわ」

「ふふん、そうです。ララのおかげで、マスターにプレゼントする計画が一歩前に進んだですよ。感謝しろです」

「ひ、一言多いわね……」

灰色の髪をクルクルとロールさせているクランクハイトは、淡々と事実を告げる。

気持ちが完全にオフなので、口調もそのままだ。

思わぬところから援護を受けたララディは、ひどく上機嫌になる。

「それにぃ……。ララは『勇者担当』でしたが、もうお役目ごめんです。お前たちがあくせく外を駆け回っている間、ララはマスターとしっぽりいかせてもらうです」

「はぁぁぁぁぁっ!?」

艶っぽくため息を吐くララディであったが、そんな色気に誤魔化される者はこの場にいない。

ヴァンピールは絶叫して真っ赤な目を見開く。

「ずるい」

「おい、ララディ。それは……」

リッターは静かに憤り、先ほどララディを庇ったリースも納得いかないようなシブい顔を見せる。

明らかに彼女に対して反対の意思を持っていた。

他の面々から濃厚な殺気が飛んできても、ひょうひょうとそれを相殺するララディ。

「アナトさん」

「ええ……残念ながらぁ、それは認められないわぁ」

シュヴァルトが冷徹《れいてつ》な目でアナトを見ると、アナトはコクリと頷いてララディに宣告する。

反対されることが目に見えていた彼女は、そう言われても動揺《どうよう》を見せない。

「どうしてですか？　これ以上、ララに何かをやらせるですか？　ということは、プレゼントするときのMVPはララになってしまうですね。お前たちはおこぼれでも預かっているがいいです」

「はぁっ!?　ふざけんじゃないわよ！　いいわよ！　どうせ、あんたみたいなロリ体型なんて、マスターに相手されないんだから！」

「この牛乳《うしちち》、言ってはならないことを……っ!!」

とにかく煽りまくるララディ。

実際、いくつもある監視対象を文字通り無力化させたのは、今のところ彼女だけだからである。

それは、今まで情報を集めるためや、こちら側の情報を遮断するために、ララディのように監視対象と明確に対立することができなかったことが大きな理由である。

気の短いクーリンがそれに噛みついたため、激しいにらみ合いがまた勃発する。

「もしぃ、ララディが単独で監視対象である勇者を倒していたらお役御免だったけどぉ、共同で倒したとなるとまだ働いてもらわないと困るわぁ」

「……？　だから、マスターは」

「違うわぁ。あなたと共同で勇者を倒したのはぁ――――」

アナトがまた屁理屈を言っていると思い込み、いい加減にしろと呆れた表情を浮かべるララディ。

しかし、それに首を振って彼女はある場所に目を向ける。

「――――拙者でござる、ララディ殿」

そこには、姿勢よく椅子に座り、ぴんと腕を伸ばす忍者姿の少女、ソルグロスがいた。

「なっ……!?　で、でも、このストーカーはあの場にいなかったはずですよ!?」

「ストーカーとは、酷い言いぐさでござるな」

「(い、いや……そ、それは否定できないかも……)」

ラランディは信じられないと声を荒げる。

ソルグロスは彼女の悪意が込められまくった別称にやれやれと首を振るが、クランクハイトは心の中でそんなことを考えていた。

「ソルグロスはグレーギルドに潜伏し、ララディの情報を王国騎士やグレーギルドに渡していたですよ。だから、あのようにクズを一気に集めることができ、処理することができたんです」

「ナチュラルにギルドメンバーの情報を売っているんじゃねえですよ、ストーカー」

シュヴァルトの淡々とした説明を聞いて、苦虫を噛み潰したような表情を浮かべるララディ。

相変わらず、マスター以外の前では表情が変わらないなとララディはシュヴァルトを見て思ったが、感情を露わにされても鬱陶しいだけなのですぐにその思考を捨てた。

「いやー、ララディ殿が死んでいてくれたら、もっといい結末だったでござるのになぁ」

「マスターと添い遂げるまではぜえったいに死なねーです」

ははっと笑いながら腹黒を全開にしているソルグロス。

まあ、他のメンバーも似たようなことを考えているため、お互い様である。

「そういうことでぇ、ララディには他の仕事を色々としてもらうわぁ。あなたのアルラウネとしての力は便利だからぁ」

「……仕方ねえですね」

アナトの最終確認に、ララディは渋々頷く。

この場では従っていた方がいいだろう。

もし、自分以外のメンバーが似たような状況になったとき、この時のことを持ち出すことができる。

それに、今他のメンバー全員を敵に回すのは良い考えとは言えない。

「あ、そういえばアナト殿。何やら、『鉄くず』がきな臭い動きをしているでござる」

「あらぁ？　あの闇ギルドがぁ？」

ぽんと手を合わせてアナトに報告するソルグロス。

『鉄くず』というだけで伝わるギルド。

それは、『救世の軍勢《イエルクチラ》』と共に数少ない闇ギルドと認定されている『鉄の女王《アイケーニン》』のことだった。

世間一般には、表舞台に立たずに情報統制が厳しい前者よりも、派手に暴れまわっている後者の方が有名だろう。

「王子が『鉄くず』を飼っている」

「あまりよく知らないが、確かに王国は派閥争いが酷いらしいな。闇ギルドを囲うなんて、王国も落ちたな。……いや、今も昔も変わらないな」

リッターの数少ない言葉に、長い時を生きているリースがぽつりとつぶやく。

『救世の軍勢《イエルクチラ》』創設初期からいる彼女の言葉に、何人かが「さすがババア」と思ったが口にすると殺されかねないので黙り込む。

「そう言えば、あそこはしょっちゅうあたしたちに喧嘩を吹っかけてくるわよね。いい加減、鬱陶しいわ」

「そうねぇ……」

真っ赤な髪がクーリンの怒りに合わせるように、ゆらゆらと蠢《うごめ》きだす。

それを横目で見ながら、アナトは考える。

「ラディが勇者を倒してしまったしぃ、作戦を実行してもいいかもしれないわねぇ」

「だったら、まずは拙者の担当する『ギルド』にすればいいでござる。情報は、おそらく一番集まっているかと……」

「……確かに、そういったコソコソしたことはソルグロスが得意ですものね」

「また、拙者に毒を……」

アナトの呟きに、一瞬で反応するソルグロス。

シュヴァルトは、彼女がラディと似たような欲望を持って自薦していることを悟って、無表情で毒を放つ。

まあ、ソルグロスに毒なんてほとんど効かないだろうが。

「そうねぇ。じゃあ、始めましょうかぁ」

クスクスと楽しそうに笑い始めるアナト。

大きな笑い声では決してなかったのに、ギャアギャアと色々なところで喧嘩をおっぱじめていた他のメンバーがシンと静かになる。

全員、それぞれ笑顔を浮かべてアナトを見ていた。

「『マスターに世界をプレゼント大作戦』。第一の障害であった『勇者』は消滅ぅ。次の標的はぁ――

――」

「――『闇ギルド』よぉ」

番外編

ラディの肝試し

「うーん……」

ララディは自室で悩んでいた。小さな手で頭を抱えながら、うんうんと唸る。

その悩みの種はもちろん……。

「ララ、マスターと仲良くなれたですか？」

ララディが悩む理由なんて、マスター関連のことと、どうすれば他のギルドメンバーを始末できるかと考えることくらいである。

今回は、前者のようだった。

つい先日、ララディはマスターと共に外に赴《おもむ》き、二人きりのデートを楽しんだ。

その過程で魔王軍四天王の一人を処分したり、勇者パーティーを壊滅させたりしたこともあったが、デートである。

だが、どうにもララディが考えていたマスターとのイチャイチャが少なかった気がする。いや、少なかった。

これは、何としても、もう一度マスターと二人きりになって、彼とイチャイチャしなければならない。

しかし、何を口実にしようか？　流石に連続で遠出するということになれば、他のメンバーにも感づかれてしまうだろう。

「うーん……どうするですか……」

うんうんと考えていたララディの目に、とある本が入ってきた。

確かあれは……クランクハイトから嫌がらせで、かっぱらってきた本ではなかっただろうか？

『救世の軍勢《イエルクチラ》』で読書家と言えるのは、彼女だけだろうし。

そう言えば、うろたえるクランクハイトを見て満足したララディは、結局返さずにそのまま放置していたのだった。

「ホラーですか……」

題名に書かれてあることをぽつりと呟くララディ。

そして、キラキラと顔を輝かせた。

「これです!!」

◆

「はい！　肝試しです！」

突然マスターの部屋に突撃して言った言葉をオウム返ししてきたマスターに、ララディは微塵も腹を立てることなく言い直す。

「本で見て、やりたくなったです。でも、一人だと怖くて……マスター、来てくれないですか？」

ララディの問いかけに唸るマスター。そもそも、肝試しとは何なのか？

「えーと……本によると、暗い場所を歩くことで肝が据わっているか確かめる遊びだそうです」

本には幽霊や火の玉が出るのが恐ろしいと書いてあったが、ララディにはさっぱりだ。

アンデッド系の魔物を殺すことくらい容易いし、火の玉なんて出現するから何なのだという話だ。

まあ、馬鹿らしいが利用できないことはない。

ラヲディは『きゃっ、こわーい』とか言いつつマスターの腕に抱き着く気満々であった。それだけでは済まさず、下手をすれば木陰に引きずり込んで……。

「うへへ……えっ、本当ですか⁉　やったー！」

妄想をしてよだれを垂らしていたララディであったが、マスターから了承の意を伝えられて万歳する。

「（ふっ……この絶好の機会、タダでは終わらせねーです！）」

ララディの目はキラリと光るのであった。

◆

肝試しは、早速その日の夜に行われていた。

ララディとマスターは、ギルド本部の周りにある森を歩いていた。

深夜であり、かつ鬱蒼とした木々が生い茂っているため、月明かりが届かない場所もあった。

日中は爽《さわ》やかな緑豊かな森なのに、夜になればその印象をガラリと変える。

そんな場所を歩くララディとマスターは……。

「ふっ、くっ……！　な、なかなか歩きづれーですね……！」

ララディは歩行に四苦八苦しており、マスターはそんな彼女を優しげなまなざしで見つめていた。

完全にピクニック気分であった。

もちろん、この森はそんな生易しい場所ではない。現実は幽霊よりも、魔物の方が恐ろしいだろう。

夜になれば、アンデッドナイトという強力な魔物もうろつき始める。

だが、それ以上に彼ら二人の方が魔物からすれば怖かった。

闇ギルド『救世の軍勢《イエルクチラ》』のギルドメンバーにしてアルラウネのラディと、そのギルドマスター。

幽霊も裸足で逃げ出すような面子なのである。

「(案外、肝試しってやつもつまらねーですね)」

ララディの実力は魔物を寄せ付けないし、幽霊という非現実的なものも大して怖くなかった。脅《おど》かしてきたら殺すし。

ララディは、本当に肝試しを楽しみに来たわけではないのだ。幽霊や魔物程度で彼女の度胸が試されるはずもない。

彼女にとって重要なのは、この肝試しでマスターとイチャイチャすることである。

「ん？　鳥ですか」

唐突にバサバサと音が鳴っても、やはりララディは驚かない。

しかし、ハッと本来の目的を思い出す。

「(ちげーです！　ここは……！)　きゃー。こえーですー」

見事なまでの棒読みを披露するララディは、そのままマスターの腕に抱きついた。まったく怖がっていないことは明らかであるが、マスターは本当に怖いのかな？　などと思って腕を振り払わない。

「ごめんなさいです、マスター。ララ、怖くって……」

おしとやかに言うララディに、気にしないでと笑みを見せるマスター。

まさに、か弱い少女とそれを守る男という理想的な光景であった。

「（ふへへへへへへ……。マスターの腕、やっぱり細く見えてがっちりしているです。こうして抱き着くだけでも、幸せになれるです）」

ララディの内心は不純一色だった模様。

しかし、このような考えがマスターには一切伝わっていないし、それはそれでいいのだろう。

やけに抱き着く力が強いなと思ってはいたが、彼は口に出さなかった。

本当に今の状況を怖がっているのだろうと慮《おもんぱか》ったからである。

「マスター。ララ、ドキドキしてきたです」

それを良いことに、ララディはさらに身体を密着させる。

小柄ながらも身体の凹凸がまったくないというわけではない。

慎ましやかではあるが胸の膨らみは確かにあるし、体は女性らしい柔らかさがあった。

それを、マスターの腕にこすり付ける。

ふにふにとした柔らかさが、マスターを襲っているに違いない。男なら、腕に胸を押し付けられて嬉しくないはずがない。

「（さぁ、マスター！　ララを茂みに引きずり込んで押し倒してくれていいですよ！）」

だが、そんな美少女の誘いを暗に受けても、マスターはそういった感情を微塵も持たなかった。確かに柔らかい感触は味わっているのだが、彼にとってララディは娘のような存在である。欲情するはずがなかった。

そもそも、これがララディなりのアピールだとも気づいていなかった。

本当に怖がっているんだなぁ……とのんきなことを考えていたほどだ。

「(うぬぬぬぬ……！　こうなったら、最終手段です！　ララの秘蔵の花粉を……)」

ララディはとある花を召喚しようとする。

その花の花粉には、超強力な媚薬効果が含まれており、嗅ぎすぎると頭がパッパラパーになってしまい、性的なことしか考えられなくなるという非常に危険なものだった。

それを慕っているマスターに使おうとするのはどうなのかという話だが、微量ならちょうどいいくらいだし、そもそもマスターが大量に嗅いだとしても効果があるのか怪しいところだ。

「(……あれ？　ちょっと待つですよ。何だかおかしな気配が……)」

花を召喚していきなりマスターに花粉を嗅がせ、横道で彼の身体に跨《また》がろうとしていたララディであったが、ふとおかしな気配に気が付く。

『救世の軍勢《イエルクチラ》』のギルド本部の周りには、人はまったく寄り付かない。

人が寄りついてくるような場所に闇ギルドがある方がおかしいだろう。

では、何故マスターに絶対に触れないように、ララディにだけ鋭い殺気が向けられているのだろうか？

「はっ！　ま、まさか……！」

ララディが何かに気づいた、その時であった。

上からドバっと液体が降り注いできたのだ。

「ぬわぁぁぁぁぁぁっ!!」

気配に気づいていたこともあり、ララディはとっさに頑丈な植物の葉を召喚し、その液体を受け止めさせて自身が被ることはなかった。

植物の葉に防がれて液体が落ちた地面は、ジュワァァァァァという音と共に溶けた、

「そ、ソルグロスの奴ですか！　というか、この液体猛毒すぎるです！」

同じギルドの仲間に地面が溶けるような毒液を被せようとするソルグロスに、ララディは戦慄する。

まあ、別にララディもソルグロスのことを仲間だなんて思っていないが。

「いやいや！　これは肝試しのレベルを超えているですよ!!」

これが肝試しかぁ、とのんきなことを言うマスターに、ララディは汗を垂らしながらツッコミを入れる。

ソルグロスのことだから、マスターが毒液を被らないようにしていたのだろうが、気づいていなければ自分はドロドロに溶けていたかもしれない。

今までマスターの前では直接的に殺しにかかってこなかった『救世の軍勢《イエルクチラ》』メンバーであるが、夜にマスターと二人きりで抜け出したということがどうしても許せなかったらしい。

その気持ちは痛いほど分かる。多分、自分以外がそうしていたらララディィも殺しにかかっていただろうし。

しかし、自分に向けられるのは困るのである。

「ふぉぉぉぉぉぉぉぉっ⁉」

ソルグロスの毒液アタックが失敗したと見ると、今度はヒュッと前方から斬撃が飛んできた。

前に立ちはだかる木々をズバズバと切り捨て、一直線にララディィ目がけて突っ込んでくる。

それでもマスターには微塵も近寄らないところが、『救世の軍勢《イエルクチラ》』メンバーらしい。

そんなことを思いながら、ララディィはとっさに植物を召喚して盾にするが……。

「あうっ！」

それだけでは完全に防ぎきれず、植物はバラバラに斬り落とされてしまう。

ララディィの身体には刀傷はつかなかったものの、代わりとばかりに衣服がバラバラになってしまい、彼女の身体を覆うものが何もなくなってしまった。

これには、隣で立っていたマスターも笑顔を凍りつかせる。

唐突にララディィの衣服がはじけ飛んだのだから、彼の驚愕と衝撃は計り知れないものがあった。

そんな彼の反応を見ずにララディィが怒りの目を前に向ければ、遠く離れた場所に剣を振りきった状態のリッターが。

「……鎌鼬《かまいたち》」

「限度があるですよ！　これ、肝試しじゃなくて本気でララを殺しにきているじゃねーですか！

肝を試すどころか生き残ることに必死ですよ！」

鎌鼬というレベルではない。斬撃に触れたら本気でバラバラになってしまう。

ラデディは衣服をバラバラにされて全裸になってしまった恥ずかしさの前に、何とか生き残らなければならないという生物的本能を強く感じていた。

「うぐぐぐぐっ！　ま、まだ死ぬわけにはいかねーです！　マスターとイチャイチャするまでは……！」

汗水を垂らしながら、これからどうするべきかと頭を巡らせる。

もう、横道にマスターを引きずり込んで無理やりしてしまおうか？

いやいや、最初はやはりロマンチックに……。

そんなことを考えていると、素っ裸になってしまったラデディに衣服がかけられた。

マスターは全裸のラデディを見て欲情して襲い掛かる……なんてことはせず、上着を脱いで彼女にふわりとかけてやったのだ。

さらに、彼女の小さな身体を近くに抱き寄せ、また鎌鼬（もどき）が襲ってこないようにする。

「マスター……」

かけられた上着をキュッと掴み、頬を赤らめてときめいた表情をしながらマスターを見上げるラデディ。

彼女の小さな胸の奥では、心臓が早鐘を打っていた。

この優しさで、元から好感度が高すぎていたのにさらに跳ねあがってしまう。

上着に残る温かさとマスターの匂いに、ララディの頭はクラクラきていた。

まるで、熱にうなされているかのようにフワフワとした気持ちになってしまう。

今のララディに、マスターを押し倒してイチャイチャする、なんていう不純な気持ちは掻き消えてしまった。

「マスター……」

キョトンとしているマスターを見ていると、自然と目がうるんで顔を近づけてしまう。

押し倒すことはできなくとも、せめて口づけくらい……。

小さいながらプルプルとしたララディの唇がマスターに近づいていき……。

「あっ……」

前方にゴウッと燃え盛る火球が発生した。ララディは頬を引きつらせてそれを見る。

なるほど、本に書いてあった肝試しには、火の玉が出るかもしれないとあった。何が怖いのかさっぱりわからないが、肝試しというものはそういうものなのかもしれない。

だが……。

「火の玉がデカすぎるですよ!!」

ララディの目に映るのは、自身を丸々飲み込んでしまえるほどの大きさの火球であった。肝試しの域を越えている。

これにはマスターも頬を引きつらせる。

怪奇現象としての火の玉は知っていたが、こんなに巨大な火球になるんだなぁと驚いていた。

……まあ、流石にマスターもここまでくれば、これが怪奇現象でないことは分かっていたが。

「(マスターを勝手に連れ去ったことも合わせたお仕置きだ!)」

リースのそんな言葉が聞こえたような気がした。

そして、次の瞬間、その巨大な火球がララディに向かって放たれるのであった。

「はは……。もう、肝試しはしねーです……」

迫りくる火球を目の前にして、ララディは渇いた笑みを浮かべるのであった。

なお、この火球はマスターによって見事打ち消され、守られた形となったララディの好感度と忠誠心が更に凄いことになったのは余談である。

あとがき

『闇ギルドのマスターは今日も微笑む』を手に取っていただき、ありがとうございます。作者の溝上良です。

　本作は私が初めて世に出す本です。「小説家になろう」様で書きたいものを書かせていただいて、それがＴＯブックス様に拾い上げていただき、こうして本になりました。ネットに投稿していた時から読んで応援してくださった読者の方々のおかげです。この三つの皆様には感謝してもしきれません。ありがとうございます。

　本作は当初、何だかヤバそうな組織があり、それを率いるのが主人公であり、ギルメンは皆可愛らしくてイチャイチャする、みたいな感じで書こうとしていたような気がします。ですが、そういうほのぼの路線には進まず、ヒロイン同士が殺意を持ち合うくらいいがみ合って主人公であるマスターを振り回すということになっていました。なかなか思い通りにはいかないものです。しかし、マスターの気持ちはともかく、ヒロインはイラストのおかげもあって可愛いと思います。ちょっと怖いけど可愛いヒロイン。そんな風に思ってもらえれば嬉しいです。

　ラディのことで少しお話しますと、彼女はアルラウネという種族でして、マスターと出会う前は一人森の中で暮らしていました。希少な種族ですので、話をする仲間もいなかったんですね。最初マスターと出会った時も、もちろん今のようにメロメロだったわけではなく、マホたちに向けていたものよりもさらに酷い敵意などを向けていました。孤独だったので、警戒して当然ですね。その時、マスターも今みたいに人当たりの良い笑顔とかも浮かべていなかったので、余計にです。その後、ララディを狙う魔物やら人やらから彼女を守り、徐々に今みたいな感じに近づいていきました。こういった過去編も、いつか書きたいと思います。

イラストを描いてくださったこぞう先生、ありがとうございました。自分が想像していた以上にキャラクターが可愛らしく、ニヤニヤしてしまいました。一巻のヒロインであるララディも、可愛らしくも激情的で毒を吐くような姿が目に浮かびます。編集を担当してくださったSさんも、私が初めての書籍化作業ということで色々とご迷惑やお手数をかけてしまったのですが、根気強く丁寧に教えてくださって大変助かりました。他にも、この本に携わってくださった皆様、ありがとうございました。

そして、手に取ってくださった読者の皆様、ありがとうございます。次巻はソルグロスがメインになる予定です。またお会いできればうれしいです。

闇ギルド《イエルクチラ》VS
闇ギルド《アイケーニン》勃発！
次は拙者のターンでござる！
抜け駆け禁止！

君を絶対に救ってみせる。

勇者一行との一件からまもなく、念願の平和を謳歌していたマスターはスライム少女・ソルグロスのおねだりで彼女の依頼に付き合っていた。そこで出会ったのは呪いにかけられた少女と彼女を助けてほしいと願う正規ギルドのメンバーたち。闇ギルドの長のくせにお人好しなマスターは彼女を救うため、伝説の万能薬・エリクサー入手へ動き出すのだった。一方その頃、エヴァン王国の王子から指令を受けた極悪犯罪ギルド「鉄《アイ》の女王《ケーニン》」が「救世《イェル》の軍勢《クチラ》」を排除するため、忍び寄っていて……。

マスターは渡さないわ！

著：チョコカレー　イラスト：teffish

新作
2018年2月
『お金』と『コネ』で成り上がる
シンデレラボーイ・ファンタジー!
「俺たちは商品を買うんじゃない。時間を買うんだ」
「偉大な魔導師に、僕はなる!」
「世の中、コネが大事なのよ!」
塔の魔導師
～底辺魔導師から始める資本論～
著：瀬戸夏樹　イラスト：Garuku

頭の痛い報告書、続々到着!?
頭を抱える保護者三人組
大暴走!!
待ってて、シュヴァルツとヴァイス!

念願の
図書館へ
本好きの下剋上
司書になるためには
手段を選んでいられません
第四部 貴族院の自称図書委員II
香月美夜
miya kazuki
2018年3月10日発売予定!
図書館、図書館、幸せの場所、るるるる、らららん
詳しくは「本好きの下剋上」公式HPへ!
http://www.tobooks.jp/booklove

対し、
を
布告する！
豪華声優陣が
ドラマCDに
集結！
2018年
3月10日
ドラマCD
同時発売！
おかしな
転生
IX
戦いはフルーツに
合わせて（仮）
キャスト
ペイストリー　村瀬　歩
カセロール　土田　大
リコリス　本渡　楓
ジョゼフィーネ　大久保瑠美
ビターテイスト　石川界人
アニエス　生天目仁美
ウランタ　山下大輝
セルジャン　古川　慎
公式HPにて予約受付中！
http://www.tobooks.jp/sweets

激突、十三傑
聖国に宣戦
著
古流 望
NOZOMU KORYU
イラスト
珠梨やすゆき
YASUYUKI SYURI
コミカライズ
漫画：飯田せりこ
原作：古流望
キャラクター原案：珠梨やすゆき
脚本：富沢みどり
おかしな転生
〜最強パティシエ異世界降臨〜
ニコニコ静画にて連載中！

闇ギルドのマスターは今日も微笑む

2018年2月1日　第1刷発行

著　者　溝上良

発行者　本田武市

発行所　TOブックス
〒150-0045
東京都渋谷区神泉町18-8　松濤ハイツ2F
TEL 03-6452-5766(編集)
0120-933-772(営業フリーダイヤル)
FAX 03-6452-5680
ホームページ　http://www.tobooks.jp
メール　info@tobooks.jp

印刷・製本　中央精版印刷株式会社

ISBN978-4-86472-656-6